김유림

1991년 서울에서 태어났다.

2016년 《현대시학》에 시를 발표하며 작품 활동을 시작했다.

시집 『양방향』 『세 개 이상의 모형』 『별세계』,

소설집 『갱들의 어머니』가 있다.

일인 출판사 '말문'을 운영한다.

표지 그림 Paul Klee
디자인 이지선

단어 극장

단어 극장

김유림
에세이

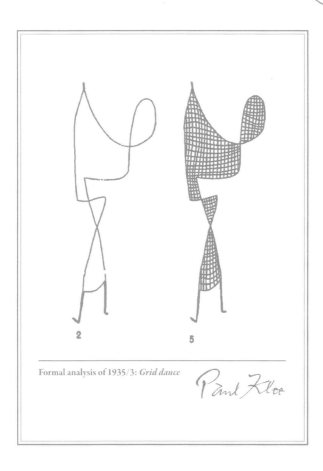

Formal analysis of 1935/3: *Grid dance*

Paul Klee

민음사

차례

1부

연재

1부

연재

검은 초콜릿[1]

검은 초콜릿은 초콜릿과 다르다. 관형어가 있고 없고의
차이가 당연히 있지만, 그 차이를 말하는 게 아니다. 그
차이가 발생시키는 새로운 차이, 혹은 새로운 차이의
연속체를 말하는 것이다. 거울과 거울을 마주 보게 세워 두면
끝나지 않는 거울 속 세계가 생성되듯이 —— 그리고 그 생성의
진행이 끝나지 않듯이 —— '검은 초콜릿'과 '초콜릿'을 나란히
언급하면 '검은'이라는 단어가 초콜릿과 초콜릿이라는 두
개의 동일한 단어-거울, 혹은 거울-단어의 사이에서 무한한
세계를 발생시킨다. 초콜릿이라는 거울과 초콜릿이라는
거울이 마주 볼 수 있게 적당한 간격을 주는 단어가

1 시 「죽음과 티코」에서 가져왔다.

'검은'이라는 관형어인 것이다. 그렇다면 관형어 '검은'이
발생시키는 간격은 어떤 세계를 품고 있을까.

이에 대해 말하기 위해서 먼저 한국어의 특징을 언급해야
할 것 같다. 한국어 문장의 단어는 움직인다. 한국어의
특성상 어순이 달라져도 의미는 통하기 마련이고, 이러한
특성을 활용하여 한국어 사용자는 각종 외국 사이트에
한국인 사용자만이 뜻을 이해할 수 있는 후기를 남기기도
한다. 받침을 엉뚱하게 적거나 어순을 바꾸는 방식으로.
이중에서 단어의 어순이 다르지만 의미는 통하는 뒤죽박죽
문장은, 단어의 형태는 그대로 둔 채 단어의 위치만을 바꾼
것으로 눈의 활발한 움직임을 전제하고 요청한다.

이런 문장을 보면서도 의미 해석에 전혀 어려움을
느끼지 않을 때면, 단어가 주어진 자리에서만 작동한다고
생각하기 어렵다. 단어는 분명히 자신에게 주어진 물리적
위치에 머무르지만, 그와 동시에 비물리적인 방식, 즉 영혼의
방식으로 지면을 돌아다닌다. 그렇지 않을까? 단어-영혼의
작동 범위나 작동 방식은 눈에 보이지 않을 뿐 무척이나
다양한 것 같다. 단어는 거의 생물이고. 단어는 단어의
고유한 진폭[2]을 가지고 있다. 단지 인간의 눈에 보이지 않을

2 진동하는 물체에서, 그 정지한 위치에서 진동의 좌우 극점에 이르기까지의 변위.

뿐……. 단어는 자신이 심긴 자리에서 끊임없이 영혼을
발산하고 있다. 진동하고 있다.

　뒤죽박죽으로 배열되어 있지만 뜻은 통하는 문장에서
추측할 수 있는 또 다른 사실은 '인간의 시선이 일직선으로
움직이지 않는다'는 점이다. 눈이 가는 길, 즉 시선은
끊임없이 흔들리고 변화한다. 시선(視線)이라는 단어에
선(線)이 포함되어 있기 때문인지 눈이 정적으로 혹은
일직선으로 움직이리라고 생각하게 되지만. 사실 눈은
충동적으로 여러 방향을 오가고 있는 걸지도 모른다.
오뚝이나 수평기처럼. 읽기에 대한 사회적 합의를 지키기
위해 매번 빛보다 빠른 속도로 제자리로 돌아와야 하겠지만.

　나는 어린 시절 책 읽기를 싫어했는데, 책만 읽으면
멀미가 났기 때문이다. 지금 와서 생각해 보면, 이미 나 있는
길을 눈으로 따라가는 일이 힘들게 느껴졌던 게 아닌가
싶다. 눈이 약했으니 더욱. 그래도 어린 마음에 무조건
약속(왼쪽에서 오른쪽으로 시선을 이동시키기)을 지켜야 한다고
생각하고, 줄곧 눈을 한 방향으로 몰아가기 위해 노력했다.
그러나 눈은 어린이의 마음을 아는지 모르는지 전후좌우로
돌아다니며 열 줄 뒤의 단어 두 개와 눈앞의 단어 하나, 바로
아래에 위치한 단어 등을 조합하여 전체 글에 대한 묘한

인상을 만들어 버리고는 했다. 이런 (예상치 못한, 그러나 자연스러운) 눈의 일탈 작용을 받아들이지 못한 어린이는 독서 멀미증에 걸리고 만다. 내가 뭔가 잘못된 게 아닐까? 책만 읽으면 메슥거려…….

그러나 눈의 탐험을 막을 수는 없었다. 그것에게는 보이는 것은 닥치는 대로 더듬고 다니는 모험가의 면모가 있었다. 의미의 고정력이 약한 글에서, 특히 시나 그림책에서 눈의 움직임은 더욱 활발해졌다. 어린이가 감당할 수 없을 만큼 환상적으로.

*

①단어가 움직이기 때문에, 눈이 열심히 뛰어다니는 것이다.

②단어가 움직이지 않기 때문에, (단어의 영혼만이 움직이기 때문에) 눈이 열심히 뛰어다니는 것이다.

나는 ①을 향해 이 글을 끌고 갈 것이지만 일단 ②를 통과하는 편이 좋을 것 같다. 인간의 눈으로 보면, 단어에는 움직임이 없다. 단어가 움직이지 않기 때문에, 눈이 움직이고, 눈이 조합한다. 이 논리를 밀고 나가면, 문장의 의미는 문장의 편에 존재하는 게 아니라 "보이지만 보이지 않는 장소"인 눈 안에 존재한다.

애니메이션 「이누야샤」에서 이누야샤의 아버지는 죽기 전 자신의 송곳니로 만든 무적의 칼 철쇄아를 "보이지만 보이지 않는 장소"[3]에 숨겨 두었다는 유언을 남기는데, 이 "보이지만 보이지 않는 장소"가 이누야샤의 오른쪽 눈 안이라는 사실이 밝혀진다. 어쩌면, 한 나라의 언어 체계 또한, 한 나라의 구성원들[4]의 눈 안에 존재하는 걸지도 모른다. 구성원들의 (읽는) 눈이 만들어 내는 움직임에 유연하게 반응하면서. 스스로를 끊임없이 변화시키면서. 흔들리는 눈 안에서 자라나는 것이다.

그런데 어쩌면 눈뿐만이 아니라 단어도 움직이고 있는 것일지도 모른다. 단어가 움직이기 때문에 눈이 열심히 뛰어다니는 것이다. 단어는 제자리에 있는 듯이 보이지만 그렇지 않다. 인간의 눈보다 빠르게 움직이기 때문에 움직임이 보이지 않는 것뿐일지도.

---

3 "그리고 묘지기 자신도 결코 볼 수 없는 장소." 「이누야샤」 시즌 1: 6화 "불길한 요도 철쇄아," 10분 23초. 애니메이션 시리즈 「이누야샤」는 만화 『이누야샤』를 원작으로 한다. 2023년 1월 기준, 넷플릭스에서 정식 한국어판을 시청할 수 있다.

4 저시력자나 눈이 아닌 다른 감각을 주요하게 사용하는 구성원도 있으나 일반적으로 언어 형성에 있어 매우 막대한 영향력을 미치는 감각은 시력이다.

넷플릭스 애니메이션 「사이버펑크」에는 극단적인 순간 이동을 하는 주인공[5]이 등장한다. 그가 사용하는 기술의 이름은 불릿 타임(Bullet time)이다. 불릿 타임은 영화 「매트릭스」의 유명한 장면[6]에서 비롯한 용어로, 주인공이 겪는 시공간이 여타의 시공간과 분리된 채 극단적으로 느리게 흐르는 순간을 가리킨다. 어쩌면 단어도 단어만의 불릿 타임을 선언한 채, 인간의 기준에서는 극단적이라고 부를 수밖에 없는 순간 이동을 해내고 있는 걸지도 모른다. 지금 이 순간에도 눈이라는 탈것을 활용하여 엄청난 속도로 순간 이동을 한 뒤, 본래의 위치로 되돌아오는 걸 반복하고 있는 걸지도.

형광등은 1초에 60번은 깜빡거리지만 인간의 눈이 그 깜빡임의 속도를 따라가지 못해서 형광등을 연속성을 띠는 광원으로 인식한다는 기사를 읽었던 게 떠오른다……

---

5 주인공 데이비드는 산데비스탄이라는 테크 무기를 이식받는다. 산데비스탄을 발동하면 8~18초 동안 신경 가속이 일어나 사용자의 움직임이 극도로 빨라지게 된다. 이때 사용자의 눈에는 자신을 제외한 모든 것이 느려지는 것처럼 보인다.

6 네오와 트리니티가 총알 세례를 피하는 장면. 네오와 트리니티가 속해 있는 시간만이 극단적으로 느리게 흐르는 것처럼 보인다. 「매트릭스」, 라나 워쇼스키, 릴리 워쇼스키, 1999.

아무리 생각해 보아도 나는 혼란을 좋아하는 것 같다.
혼란을 좋아할 뿐만 아니라 혼란밖에 모르는 것 같다.
혼란 속에서 가느다란 이해가 균열처럼 솟아나는 순간을
좋아한다. 글쎄, 라는 단어를 좋아하는 이유도 이 때문일
것이다.

　나는 어떤 방식으로든 혼란을 가중시키는 방식으로
세계를 이해하고, 세계를 직조하고, 세계를 포기한다.
포기라는 게 단순하게 느껴질 때도 있지만, 혼란을
가중시키는 방식으로 포기를 첩첩이 쌓아 나가는 일은
일종의 기술이 필요한 영역이기도 하다는 걸 말하고 싶다.
따라서…… 나에게 있어 글쓰기란 당연히 혼란을 가지고
노는 작업 중 하나이다. 혼란을 가지고 논다고 생각하다가
혼란에게 잡아먹히는 작업이기도 하다. 이런 작업에서
성공과 실패는 큰 의미가 없다. 실낱같은 웃음과 시시한
이해가 가끔씩 배어 나온다면 말이다.

　티코는 검은 초콜릿에 싸인 바닐라 맛 아이스크림이다

—「죽음과 티코」전문

나의 첫 번째 시집『양방향』의 첫 번째 시「죽음과 티코」는
한 줄짜리 시이다. 이 시의 주인공은, 내 생각엔, 문장의 뜻이
아니라 문장을 이루는 단어들이다. 그중에서도 "검은"이라는
단어가 눈에 뜬다. 그것은 불릿 타임을 활용하여 적극
돌아다니는 단어의 한 예시다. "검은"에게는 한국어의
어순에 따라 주어진 자리가 있긴 하지만, 그것의 영향력은
주어진 자리를 벗어난다. 영원히 지속되는 "검은"의 진동은
진공 상태로 박제된「죽음과 티코」라는 시 안에서 끊임없이
움직임을 생산해 낸다.

　초콜릿, 티코, 검은, 싸인, 바닐라, 맛, 아이스크림,
아이스크림이다, 는, 에, 과, 티코, 죽음. 검은, 이다, 검은
아이스크림, 검은 맛, 바닐라 검은, 과, 검은, 에, 티코, 싸인,
검은, 초콜릿, 맛, 아이스크림, 죽음, 과, 죽음, 에. 검은,
아이스크림, 과, 검은, 검은, 에, 싸인, 초콜릿, 맛, 바닐라,
아이스크림, 에, 싸인, 검은, 티코, 는, 죽음, 이다……

　내 눈에는 이 짧은 한 줄의 시가 끊임없이 자기 자신의
정체를 의심하는 것처럼 보인다. 아주 짧고 단순한
문장임에도 불구하고 흔들리고 있다. 사회적 약속에 대한
의무감을 잠시 내려놓은 채 시선에게 자유를 준다면……
비슷하지만 조금씩은 다른 여러 개의 문장이 생성될 것이다.
티코라는 단어가 두 개 이상의 뜻, 혹은 두 개 이상의 현실을

가지고 있기 때문일까. 죽음이라는 단어가 80억 이상의
현실태를 향해 열려 있기 때문일까. 초콜릿이? 바닐라가?
분명한 건 단어들이 움직인다는 사실이다. 단어들이
움직이지 않는다고 느끼는 순간에도 단어들은 '순간 이동
능력'을 활용하여 움직이고 있다. 단지 그들이 속한 시간이
우리가 속한 시간과 다를 뿐일 것이다.

*

　"검은"의 자장은 상당하다. "검은"이라는 단어는 일종의
링(ring) 형태의 자장을 만들어 낸다. 분명 "검은"은 초콜릿의
앞에 위치하지만, 그것의 영혼은, 초콜릿이라는 거울의
전후좌우를 모조리 둥글게 감싸고 있다. 산데비스탄을
발동하여 초콜릿이라는 단단한 물체를 사사사사삭
초입체적으로 감싸 버리고 만다. 검은, 검은, 검은, 검은,
검은, 의 가운데에 초콜릿이라는 강력한 상대가 있다.
　그러나 왼쪽에서 오른쪽으로 흐르는 문장의 특성상
이 현상은 은밀하게 발현된다. 독자는 초조해진다.
"검은"이라는 단어가 최대한의 능력치를 발휘하여 극도로
비선형적인 방식으로 단어를 전개시켜 버리길 바라게
된다…… 이런, 부드럽게, 녹는, "검은". 뱅글뱅글. 입에서,

입이라는 링(ring)에서, 삼켜지는 초콜릿. 삼켜진 초콜릿.
위장으로 들어가 버린. 영원히 사라졌지만 "검은"의
잔상만은 가지고 있는 "초콜릿"은 한 단어로만 서 있는
"초콜릿"에 비해 풍부한 연상 작용을 생성해 낸다.
균열이라고 해야 할까? 정신이 어질어질해진다.

　　나는 마지막으로 아몬드가 박힌 초콜릿의 뒷면을
상상한다. 매끈하게 칠해진 문의 뒷면 같은.

허허한 공원[1]

    내가 불러들인 허허한 공원은 규모가 그리 크지 않다. 당시엔 상당히 커 보였으나 시간이 흐른 지금에 와서는 그 규모가 줄어들어 단어 '반 평'만 하다. 실제로는 반 평만 한 크기는 아니고 둘레 길을 따라 한 바퀴를 털레털레 걸으면 20분 정도가 소요되는 아담한 공원이지만.

    지금 내 머리 속으로 두세 명의 고등학생들이 다가오고 있다. 한 명은 교복 상의가 아니라 회색 반팔을 입은 채고, 다른 한 명은 교복 상의의 앞섶을 살짝 풀어헤친 채다. 나는 그들이 그렇게 달갑진 않은데 이유는 잘 모르겠다. 차림을 보아 하니 분명 초여름이다. 저들은 나에게 '언제나'

---

[1] 시 「이 상자 안으로 양이 들어올 것이다」에서 가져왔다.

관심이 없는데, 이 사실을 의식하는 걸 보면 나는 초등학교 고학년생이거나 중학생이다. 내 눈길을 끌고 신경이 쓰이게 만드는 저들은 분명 나의 미래다. 저들이 나의 현재거나 과거라면 저들의 존재감이 회고 장면 속에서 이 정도로 선명하진 않을 거다.

이 공원의 나무들은 적당하다. 당시엔 잘 몰랐지만 이제 와서는 나이를 어느 정도 파악할 수 있다. 나무들이 머릿속이나 시간 속에서 나이 들었기 때문이 아니라 내가 나이를 먹었기 때문이다. 갓 옮겨 심은 나무와 3년 정도 자란 나무, 10년 이상 자란 나무와 100년 이상을 자란 나무가 어떻게 다른지에 대해 알게 된 것이다. 공원의 나무들은 나이조차도 평균이다. 너무 많지도 너무 적지도 않다. 눈에 띄는 나무가 있다면 아름답기 때문이지 나이가 들었기 때문이 아니다.

완벽한 평범함. 어느 것 하나 인상을 특별나게 만드는 데 기여하지 않는다. 그리고 바로 이런 점이 이 공원을 '허허한 공원의 원형'으로 만든다.

공원은 그다지 붐비지 않지만 그렇다고 텅 비어 있는 것도 아니다. 매일 사람들이 오간다. 공원과 면한 도로변을 따라 상점가와 학원가가 발달해 있다. 200m 가량 걸어가면 내가 자주 가던 식당과 맥도날드, 작은 시장이 있다.
유아차가 없는 날이 없고, 아이들이 이리저리 뛰어 다닌다.
중고등학생들이 갈 길을 가다 말고 바로 여기 '허허한
공원'에서 가방을 내팽개치고 농구를 한다. 노인도 꽤
있는데, 대체로 말쑥한 모습이다. 운동을 하는 중년 부부나
아이를 데리고 나온 젊은 부부, 연인, 고양이…… 모든 것이
어이가 없을 정도로 잘 어우러져 공원을 한층 적당하게
만든다. 그들은 너무나도 유순한 방식으로 공원을 즐기다가
저녁 때가 다가오면 공원을 뒤로한 채 떠나간다.

공원의 중심부엔 건물 하나가 있는데 공공건물의 인상을
풍긴다. 당시엔 이 건물의 흰색 옆면에만 눈길을 주었던
것 같다. 공원의 기세랄까 그런 것이 전혀 드세지 않아서
차분하였다. 나는 공원 정면 ─ 정면이라고 부를 법한
입구는 전혀 없지만 나는 꼭 한 군데를 집어서 정문으로
삼는다 ─ 에 들어서면 곧잘 건물의 옆태를 무심하게
쳐다보았고, 오른쪽으로 방향을 튼 뒤 천천히 걸었다.

건물의 용도는 평범했고, 형태도 그에 맞게 일반적이었다.
그러나 공원을 걷다가 고개를 들어서 보는 건물의 옆면은
언제나 옆면일 수밖에 없었고 정면이 되기 위해서는 내가
몸을 돌리거나 마음을 고쳐먹어야만 했다. 경로를 바꾸지
않고 도중에 흘긋 쳐다보는 건물의 모습은 그것이 실제로는

직육면체의 한 면이라 하더라도 이상하게 곡면으로 빛났다. 지금 내가 머릿속에서 보고 있는 벽면 또한 부드럽게 휘어져 있다. 나는 두 손을 바지 주머니에 꽂아 넣은 채 짐짓 무심한 태도로 경로에서 이탈하려 든다. 성큼 다가가서 자세히 보기라도 할 태세로.

그러나 그러나 공원은 둥글다. 점점 더 둥글어진다. 한 바퀴를 도는 동안 나는 계속해서 건물의 옆면들을 수직으로 만난다. 그러는 동안 옆면이 옆면을 바라보는 인간이 딛고 있는 산책로의 둥근 성질에 휩쓸려 둥근 모습만을 보여 주는 건 어쩌면 자연스러운 일일지도 모른다. 공원은 건물의 순간적이고 마법적인 변화에도 불구하고 (혹은 바로 그 변화 덕분에) 자신의 특색을 둥글게 깎아 나가며 산책자의 공상 속으로 완전히 스며든다. 티가 나는 특색이 아닌, 보는 각도나 산책자의 움직임에 따라 언뜻 드러나는 미묘한 종류의 특색은 사실 특색이라기보단 환각이나 착각이라는 이름을 얻기 쉬우며, 관찰자의 관심을 끌다가도 곧잘 스스로를 용해시켜 버리고 모든 걸 '없었던 일'로 만들어 버리니까. 이 때문일까. 나는 한 번도 실제로 그 건물의 벽면에 다가가서 벽면 마법의 실체를 밝혀내려고 든 적이 없었다. 그저 가방을 고쳐 멘 뒤 하늘을 보거나 가던 걸음을 재촉하여 학원으로 집으로 갈 뿐이었다.

기억 공원의 전체 면적은 분위기만큼이나 확실히
애매하다.[2] 건물 부속 공원이라 부르기엔 지나치게 여유로운
분위기를 풍기지만, 건물과 관련이 없는 독립적인 공원으로
보기엔 전체 면적이 작다. 나무의 수명이나 개체 수 역시
어중간하다. 그래도 공원만 보고 찾아 올 만한 이유나
매력 또한 있다. 사람들은 조금 더 큰 공원이나 초등학교
운동장만큼이나 자주 이곳으로 운동이나 산책을 하러 온다.
장을 보러 가거나 학원이나 학교에 가는 길에 부러 이 공원을
통과하기도 한다. 공원을 통과하지 않는다면 시선을 덜
빼앗기고 시간도 아낄 수 있을 텐데. 하지만 무리를 해서라도
이 공원을 방문하는 이유가 있겠지.

　번듯한 포장 다리를 두고 징검다리를 건너는 일과
비슷할까? 그러나 공원은 이러한 특성 자체를 자기 것으로
삼는 데에 하등 관심이 없어 보인다. 무엇이 되었든 그것을
개성이나 정체성으로 삼기만 한다면 특별한 공원으로서의
자격을 갖추게 될 텐데. 그러나 '허허한 공원'은 번번이
승격에서 미끄러진다. 승격에 관심을 가지지 않는다.

2　"확실히 애매하다"는 표현은 내가 쓴 시집에 잘 어울린다. 애매함이 확실하다는
　건 무엇일까? 애매함이 부족하거나 지나치지 않는다는 건? 나는 이런 질문을
　사랑한다. 지나치지 않은 정도로만.

태연자약한 공원은 공원으로서의 자기 역할을 수행하지만 그에 대한 의식도 노력도 없다……. 결국 대부분의 방문객에게 이곳은 만남의 최종 목적지가 아니라 머물다 가는 중간 목적지로서 기능할 뿐이다.

이러한 무심한 머무르기가 허허한 공원의 양방향성을 드러낸다고 생각한다. 이런 공원도 저런 공원도 있다지만 허허한 공원은 일단 양방향성[3]을 지닌 채 머무른다. 크지도 작지도 않은 실없는 공원으로 남는다. 되기 직전의 상태에 머무른다. 작은 공원이 꽤나 넓네! 앞뒤가 맞지 않는 감탄을 내뱉으며, 주민들과 어린 시절의 나, 그리고 시 속의 주인공이 공원의 이러한 성정을 사랑한다. 의식조차 하지 못한 채.

*

작년 가을 서대문독립공원에 갔다. 그날 그곳에 들어섰을 때, 날은 이미 저문 뒤였다. 나는 정문이 아니라 샛길을 통해 들어갔다. 주차장 가로등이 빛을 내고 있었다. 물든 은행나무가 여러 그루 눈에 띄었다. 주차장 구역과 그 너머로

3 양방향을 향하려는 성격.

보이는 각진 공원 부지 정도가 서대문독립공원의 전부처럼 보였다. 딱 두 칸으로 이루어진 매우 간결하고 이상한 공원. 눈이 좋지 않아서 모든 정경이 매우 흐릿하게만 보이는 데다 마침 차가운 가을 달의 기운이 하늘에서 푸르게 번져 갔고 나는 인상 속에서 길을 잃었다. 이 공원에서 볼 건 다 봤다고, 들어선 지 5분도 채 되지 않았지만 앞으로도 가지런히 주차된 차들과 은행나무, 남색, 그리고 황량함만을 보게 되리라고 확신했다. 그리고 그래서 무척 기뻤다.

나는 이미 만족한 상태였다.

그러나 공원은 생각보다 꽤 넓었고 운동하는 사람들로 붐볐다. 공원 내에 위치한 서대문형무소 부지 부근을 지날 때는 길이 좁아졌다. 운동을 하기에 적절하지 않은 직사각형 트랙을 발견했고, 배드민턴이나 캐치볼 등을 하면 좋을 법하지만 그 누구도 발을 들여 놓지 않는 휑한 공터도 발견했다. 공터는 직사각형으로 나무로 둘러싸여 있었다. 벤치도 있었다. 텅 빈 공간을 구경이라도 하듯 사변에 고요히……. 나는 잠시 멈춰 서서 거기에서만 볼 수 있는 저녁 하늘을 올려다보았으나 깜깜하여 아무것도 볼 수 없었다. 마침내 공원을 빠져나왔을 때 눈앞에는 교통체증이 심한 대로가 등장했고 공원은 즉시 뇌 속에서 꺼졌다. 사라졌다.

나는 자기 자신의 본성과는 너무나도 다른 외부 환경을 견디며 지내고 있는 도심의 큰 공원은 결과적으로 허허한 장소가 될 수밖에 없다고 생각했다. 장소는 (땅값이 살인적인 대도시에서) 자기 자신이 차지하고 있는 부지가 얼마나 귀한 것인지를 의식하는 순간 뒤틀린다. 부지가 넓은 공원은 부지가 넓은 공원 특유의 여유를 잃는다. 정체성에 있어서 중요한 성질인 '큰 혹은 넓은 혹은 여유로운'을 잃어버리면서 무어라 정의하기 힘든 상태에 진입한다. 넓지만 넓지 않고, 넓지 않지만 넓은 상태. 넓음을 의식하지 못하는 상태에.

이처럼 허허함이란 자기 사신이라고 말할 수 있는 것을 자의로든 타의로든 잃어버린 상태다. 이 기묘한 반수면의 상태(자기 자신으로 머무르고자 하는 의식으로부터 반은 잠들어 버린 상태)는 그런데, 언제나 사소한 경로나 기회를 통해서만 드러나는데, 그 이유는 모든 기묘한 특성은 잠시 잠깐 드러나야만 대표적 특성으로 승격되지 않고 애매한 것으로서의 자리를 유지할 수 있기 때문이다. 이렇게. 일견 고요해 보이는 세계가 양방향의 긴장으로 찢어지고 있다고 느끼던 시기가 분명 있었다. 나는 자기 자신이라고 부를 만한 걸 잃어버린 상태를 그리고 그 자아 분실 상태가 주는 기이한 평온을 사랑해 왔다.

목적지[1]

목적지를 설정하지 않고 나서기를 좋아하지만 목적지를 명확하게 설정하고 미션을 클리어하듯 질서정연하게 움직이는 것도 좋아한다. 어느 카페에 갈지 정하지 않고 나섰기 때문에 결국 매번 가던 카페에 간 날은 지겹지만 안정감이 느껴지니까 5점. 어느 카페에 갈지 정하지 않고 나섰지만 우연히 완벽한 카페를 발견하고 행복한 시간을 보낸 날은 당연히 9점.(10점을 주면 다음 행운이 사라질까 봐 1점을 감한다.) 단골 카페에 갈지 새로운 카페에 갈지 정하지 못하고 길 위에서 망설이다가 이상한 카페에 간 날은 점수 측정 불가. 어느 카페에 갈지 확실히 정하고 나섰지만

---

[1] 시 「앙코르 와트」에서 가져왔다.

결정을 번복하고 다른 카페에 가서 작업을 잘 마무리한 날은 무난하다. 4점? 7점? 가려던 카페에 가지 않고 새로운 모험을 했지만 처참히 실패한 날은 역시 점수 측정 불가. 어렵다.

어느 카페에 가고, 누굴 만나고, 어딜 들르겠다, 는 계획을 충실히 따른 날은 6점. 계획을 충실히 따랐지만 울적한 마음이 들어서 결국 충동적으로 외식을 하거나 오락거리를 찾아 나선 날은 엉망. 그러나 점수는 오히려 8점. 계획을 충실히 따랐더니 작업도 잘 되고 친구도 만나고 즐거웠다면…… 뭔가 잘못된 것 아닐까? 비현실적인 마음 상태에 의문을 가지게 된다. 점수는 5점. 10점을 줄 수는 없으니 반 토막을 내는 게 낫다.

목적지에 대한 나의 생각을 정리하기 위해 경우를 분류하여 점수를 매겨 보았지만…… 사실 내가 진정으로 원하는 건 '분류가 되지 않는 완벽한 하루'다. 이건가? 저건가? 이것도 저것도 아닌 하루여서 분류가 되지 않는 하루가 아니라 **이것도 맞고 저것도 맞아서** 분류가 되지 않는 하루. 목적지를 정하지 않았지만 정한 것이나 다름없고, 목적지를 정한 것이나 다름없다고 해도 목적지는 언제나 미정인 하루 말이다. 목적지가 있는 것도 없는 것도 아니다. 목적지가 있으면서도 없어야 하고 없으면서도 있어야 한다. 내가 생각해도 터무니가 없다. 터무니없는 욕망으로

스스로를 괴롭히고 있다⋯⋯. 하지만 이러한 양방향적인
욕망이 절반 정도는 실현되는 순간이 있으니 시간의
선형성이 망가질 때다.

*

목적지라는 단어를 보면, 계기판이 떠오른다. 이 기억
속에서 나는 조수석에 앉아서 운전자 쪽으로 몸을 기울이고
있다. 계기판의 수치를 보려는 게 아니다. 차의 방향이나
속도, 연료량을 파악하기 위해서가 아니라 차가 가고 있는
이 길(과 여정)에 신경을 쓰고 있다는 걸 티 내기 위해서다.
운전자는 중년 백인 남성이고, 말수가 적다. 내가 기억하는
건 그 사람의 옆모습인데, 큰 눈에 눈동자는 아마도 파랗고,
코의 옆선이 눈에 띄지 않을 정도로 미세하게 울퉁불퉁하다.
이런 특징을 포착할 수 있었던 건 나와 그 사람 사이에
이상한 기류가 흘렀기 때문일 것이다. 입가와 코 아래에
다듬지 않은 노란 빛의 수염이 나 있고, 머리 모양이
평범하여 인상에 큰 영향을 주지 않는다. 혹은 모자를 쓰고
있다.(이 지점에 이르러 그는 26세에 세상을 떠난 브리스 DJ
팬케이크와 까닭 없이 닮아 간다. 팬케이크는 섬과달 출판사에서
나온 단편집 표지에서 빵모자를 쓴 채로 설핏 웃고 있다. 혹은

찡그리고 있다…….)

　그는 자신이 모는 차의 한 좌석을 내어 준 데에 대해 어떠한 생각이나 감정도 없는 사람처럼 굴었다. 나라는 사람은 없는 사람이었다. 누군가에게 없는 사람이 된 것 같다는 기분은 처음 만난 사이에서는 형성되기 어려운 종류의 것임에도 불구하고. 그는 오랜 시간 그래 왔다는 듯이 단호하고 무뚝뚝했다. 조용했다. 그러나 모르는 사람이다, 분명. 나는 계기판을 향했던 몸을 바로 잡은 뒤 부지런히 스쳐 지나가는 중부 스페인의 고속도로 풍경을 보았다. 도로를 둘러싸고 있는 풍경이 너울거리는데 움직임이 거세지 않고 부드러웠다.

　푸른 둔덕과 식물의 군집이 만드는 이국적인 곡선이 끊임없이 밀려온다. 나는 핸드폰을 손에 쥔 채로 입술을 달싹인다. 몇 개의 단어를 조합하여 그 사람에게 말 걸기를 시도하지만 답은 없다. 혹은 답을 하지만 좀처럼 입술을 움직이지 않는다. 그 사람에겐 나나 운전보다 더 중요한 무엇이 있는 것만 같다. 아주 먼……. 그의 시선은 정면에 고정되어 있으며, 표정에는 변화가 없다. 어쩌면 그의 영혼은 여기에 없다. 달리는 중형차와 스페인의 고속도로, 21세기, 한국인 히치하이커의 실존과 영혼을 이 세계에 버려둔 채 소설이나 영화와 같은 서사의 층위로 날아가 버린 것이다.

나는 유령의 차에 올라타고 말았다는 불안감에 몸이
굳는다. 동시에 이상한 노스탤지어와 체념에 휩싸여 좌석
깊숙이 가라앉는다. 어쩌면…… 이 모든 게 꿈일지도 모른다.

나는 운전자를 잊는다. 운전자는 히치하이커를
잊어버린다.

이런 게 목적지로 다가서는 방식이라고, 그러니까
목적지라는 단어는 목적지를 정확히 지칭하기보다는 언제나
목적지로 다가서는 기묘한 기류를 담고 있는 것이라고
나는 기억한다.(단어에 대한 기억이 단어가 지칭하는 의미보다
장악력이 클 때가 있다.) 그리고 이 기묘한 기류는 달리는 차
안의 계기판과 핸들, 글로브 박스 어딘가에 머물고 있다.

영원성과 동시성을 떠올리게 하는 방식으로. 오디오는
끊임없이 재생되고, 바퀴는 구르고, 그러나 바퀴가 구른다는
걸 매순간 감각하기는 무척 어려우며, 바람은 유선형의
차체를 부드럽게 훑고 지나가지만 그 사실에 대해 의식하는
순간은 언제나 공기가 이미 뒤편으로 날아가고 난 후다.
계기판의 바늘, 혹은 숫자가 움직임을 보이고, 엔진 소리가
무언가를 가속화한다. 내 영혼? 차와 목적지 사이의 거리?
엔진룸과 승차 공간을 나누는 이 대시보드는 목적지의
목전에 위치해 있는 성벽이다. 달리는 차와 함께 움직이는

성벽. 그것은 매순간 승객과 함께 목적지를 향해 달린다.

그리고 이 사람. 내가 모르는 이 사람.

나는 데이비드 로어리 감독의 영화 「고스트 스토리」를 떠올린다. 영화에서 유령은 자신이 머무는 집의 역사와 영원히 함께한다. 이때의 영원이란…… 내가 생각하는 영원과 닮았다. 그것은 영원한 영원이 아니라 어느 시점부터 시작되는, 그러니까 '어느 시점'이라는 시작점을 요구하는 불완전한 영원, 정의에 부합하지 않는 영원이다. 처음부터 어긋나 버린, '처음'이라는 걸 소유하기 때문에 기울어져 버린 영원. 이러한 모순적인 영원 속에서 유령은 '이미 일어난 미래'를 알고 있다. 자신이 과거에 겪었고 미래에 겪게 될 불의의 사고와 죽음을.

이 불행한 유령은 '이미 일어난 미래'에 죽게 될 자기 자신과 함께하는데, 이는 동시성 ── 한 방향을 향해 달려가면서 동시에 다른 방향을 향해 달려가는 양방향성 ── 의 한 예다. 그는 자기 자신과 함께하지만, 자기 자신을 바꾸지는 못한다. 살아 있는 인간으로서의 자신은 언제나 직선적인 시간만을 향유하기 때문이다. 어떤 일[2]은 이미 일어나 버렸으나, 이미 일어난 과거는 비틀린 시간

---

2 죽음, 사랑, 실수.

속에서는 미래이기도 해서, 바로 그런 이유로 나와 마주할
수 없다. 그것이 언제나 나의 곁을 지키고 있는 동반자라
하여도.

당시 나는 나의 동승자를, 그러니까 우연히 차를
세운 기묘한 중년 백인 남자를 이런 방식으로 이해하고
있었다. 그리고 이 이해는 글을 쓰고 있는 미래의 나로부터
유래하였는데, 미래의 나는 어떤 층위에서는 과거의 그
순간에 언제나 동승하고 있었다. 그래, 나는 어떤 시간이,
영혼이, 내가, 비틀린 시공간 속에서는 늘 동행하고 있다는
걸 이해하는 순간에 양방향적 욕망이 반쯤 실현되는
걸 느낀다. 직선의 시간과 비틀린 영원의 시간이 함께
하는 동시성의 발현을. 중년의 남자 ─ 어쩌면 초로의
남자였을지도 모른다 ─ 는 나를 스페인의 남부 도시
말라가에 내려 주었으며, 별다른 인사도 없이 떠나 버렸다.

바캉스라는 것[1]

바캉스는 바캉스니까 바캉스라고 쓰면 된다. 그러나
바캉스를 바캉스라는 세 글자만으로 전달할 수 없다는
기분이 들 때가 있다. 그럴 때면 바캉스는 바캉스가 아니라
'바캉스라는 것'이 된다.

바캉스, 바캉스라는 것. 바캉스라는 단어만으로는
설명이 안 되는 잉여가 달라붙어서 나를 놓아주지 않을
때 나는 바캉스라는 것, 이라고 말한다. 바캉스는 멀게만
느껴지고[2] 바캉스는 내 것이 아닌 것으로서 더욱 부드러워진
채 아지랑이처럼 흔들린다. 분명 지금 내가 겪고 있는

---

[1] 시 「당신의 K.」에서 가져왔다.
[2] 잉여는 부드럽고 두텁고 항상적이어서 나와 바캉스 사이에서 충격 완화용
스펀지가 된다.

게 현실이야. 현재야. 그리고 바캉스야. 그러나 현실을 현실이라고, 바캉스를 바캉스라고 말할 수 있는 경우엔 바캉스가 성립하지 않는다. 나는 이를 '바캉스라는 것의 역설'이라 부르려고 한다.

바캉스를 바캉스라고 부를 수 있다면 바캉스는 바캉스가 아니다. 바캉스는 바캉스라고 부를 수 없을 정도로 비현실적이고 완벽하고 쾌적할 때에만 바캉스라는 것이 된다. 그것은 우연이라는 통로를 통해서만, 순간적으로만 나타난다. 그러니까…… 두 달여간의 기나긴 방학이나 휴가를 보낸다고 해서 그 시간 전체가 바캉스일 수는 없는 것이다. 바캉스라고 부를 법한 건 어쩌다 나타날 뿐이다.

이 논리에 따르면, 바캉스를 위해 멀리 떠나지 않아도 일상의 어느 순간에서나 '바캉스라는 것'을 경험할 수 있다. 아니, 오히려 특별히 바캉스를 보내고 있다는 의식이 없는 사람, 업무를 보다 말고 가끔씩 옥상에 올라가는 것이 유일한 낙인 사람, 가족이나 친구와 함께 바캉스를 왔지만 속으로는 따분함에 몸서리치고 있는 사람이야말로 '이런 게 바캉스라는 것'을 분명하게 느낄 확률이 높다. 그들은 따분함을 최대치로 가동시키는 중이기 때문에 아주 약간의 상쾌함에도 놀란다. 혹시 방금 그거였을까? 순간으로 존재하더니 사라지고 만 산뜻한 느낌, 그것 말이다…….

완벽한 바람이 불었고. 또 뭐였지? 살갗을 스치고 지나간, 잘 모르겠는데, 빛이나 기분.

그는 고개를 돌려서 다시금 대화 상대에게로 시선을 고정시킨다. 웃음을 터뜨린다. 그러나 마음은 지나가 버린 바캉스의 순간에 온통 몰두하고 있다. 쾌활한 표정은 내면의 몰두를 가리기 위한 위장술일 뿐이다, 잠시. 그러나 그는 제자리로 돌아간다. 사교술을 발휘하고, 에너지를 섭취하거나 소모한다. 연인이나 친구와 함께. 회사로, 학교로, 집으로 간다……. 그리고 완전히 혼자가 된 어느 순간에 완벽했던 찰나를 곱씹는 것이다. 그거였을까? 물론이다. 이제 모든 건 지나가 버렸고, 기억은 순간이 내뿜은 광채로 온통 채색되고 말았다.

그래, 좋은 바캉스였어…….

이것이 내가 생각하는 '바캉스라는 것'의 작동 방식이다.

바캉스라는 것은 일상과 비일상을 구분하지 않고, 그러니까 적당한 때를 기다리지 않고 찾아온다. 적당한 때라는 건 오직 인간에게만 중요할 뿐이며, 바캉스라는 것은 인간이 아닌 모든 것이 그렇듯이 인간적인 방식으로는 작동하지 않는다.

그런데, 그렇다면 예상치 못한 순간에 발생하는 상쾌함은

모두 바캉스라는 것으로 수렴되는 것일까? 아니다. 그것을
바캉스라는 것이라고 부를지 말지는 그것을 겪은 사람에
의해 결정된다, 고 나는 생각한다. 바캉스라는 것이
존재했고 존재하는 것이 사실이더라도 그것을 그것으로서
향유하는 건 또 다른 인간적 활동을 필요로 한다.[3] 우리는
결코 바캉스라는 것이 일어나는 순간마다 그것을 의식하고
향유할 수 없다. (그렇게 되면, 일생의 절반 이상이 '바캉스라는
것'이 될 것이다.) 바캉스라는 것은 시도 때도 없이 출현하지만
출현의 흔적을 붙잡기는 어렵다. 그것을 붙잡기 위해서
늘 촉각을 곤두세우고 지내는 건 불가능하다. 게다가
아주 적절한 타이밍에 바캉스라는 것을 조우하는 경우도
있지만, 전혀 생각지 못한 순간에 바캉스라는 것을 느끼고
마는 경우도 있다. 어쩌면 누군가의 장례식장에서도?
그렇다. 그건 이름 붙이기 곤란한 무엇이 된다. 바캉스라니
바캉스는 안 된다, 라고 사람이라면 생각한다.

　"이런 게 바캉스라는 것, 태어날 때부터 알았던 거
같아."라고 말할 수 없다. 그러나 하필 그 순간에! 봄볕은

3　이렇게까지 절차-언어가 복잡해지면 이런 생각이 든다. '바캉스라는 것'이,
　존재하지 않는 건 아닐까. 이렇게까지 순간적이고 비인간적이며 우연의 일치에
　가까운 기분의 전환만이 바캉스라면…… 바캉스는 아예 없는 게 아닌가 말이다.
　그러나 바로 그 지점이 바캉스라는 것의 단면이라고, 그러니까 논의가 돌고
　돌아서 '바캉스라는 것의 역설'을 뒷받침해 주고 있다고 말해 볼 수도 있겠다.

따뜻하고 만물이 생동한다. 새가 지저귄다. 무수히 많은
바캉스라는 것이 시의적절하지 않다는 이유로 별다른
이름을 얻지 못하고 사라진다. 그러나 그것이 어쨌거나 긴
끝나지 않는 통로와도 같은 일상에서 아주 가끔 맞이하는
휴식인 건 분명하다. 바캉스라는 것이 죽음과 아주 가까운
곳에서도 반짝이는 이유는 이 때문일 것이다.

'바캉스라는 것'이라는 표현에서는 거리감이 느껴진다.
이것이 바캉스라는 것인가? 물어보기 시작하면, 이것에게는
바캉스라는 것이 아닐 확률이 생겨난다. 거리를 걷다가,
이것이 바캉스라는 것인가? 질문한다. 주머니에 손을 꽂고
시장을 구경하다가, 이것이 바캉스라는 것인가? 질문한다.
건어물 한 봉지를 사 들고, 질문한다. 바다를 보다가,
어깨에 기댄 채로 졸다가, 해가 지는 걸 깜빡 놓치고 난
뒤에 질문한다. 이것이 바캉스라는 것인가? 이것이? 이렇게
졸립고 피곤한 일이 전부? 나는 잠의 기운을 그대로 껴안은
채, 몸을 웅크리고 숙소로 돌아간다.
그러나 찾아 나선다고 해서 바캉스라는 것이 반드시
발견되는 것은 아니다. 만반의 준비를 하고 떠난 사람이
바캉스를 즐기지 못하고 돌아오는 경우가 종종 있다.
이번에야말로 제대로 바캉스를 즐기겠어, 라고 말하는

사람에게서 바캉스는 오히려 숨어 버리는 것 같다. 함부로 바캉스를 찾으려고 할수록 바캉스는 멀어지는 것이다…….

바캉스라는 것은, 바캉스, 라는 이름에 망설임과 의구심이 덧붙어야만 겨우 고정된다. 그것은 되돌아볼 때에만 나타난다. 눈치 보기, 정의 내리기를 주저함, 확신할 수 없음. 그러나 그럼에도 쾌적함을 느끼고 만 자기 자신을 외면할 수 없음. 무시할 수 없음. 바로 이 내밀한 자기 인정으로부터 겨우 바캉스라는 것이 출몰한다.

"와, 바캉스다. 바캉스를 즐기자!"라고 뛰어드는 사람이 아니라 "이건 바캉스가 아니야, 어쩌면 이런 것도 저런 것도 아닌 게 바캉스라는 것일지도."라고 짐짓 바캉스를 바캉스로부터 떼어 놓는 사람. 바캉스를 찾으러 뛰어들어도 바캉스가 사라지고 마는 게 인생이라는 걸 아는 사람, 바캉스를 붙잡는 게 아니라 바캉스로부터 엉겁결에 떨어져 나온 바캉스라는 것을 소중히 안고 돌아가는 사람에게 바캉스가 안기는데 이것이 '바캉스라는 것의 역설'이다. 망설임 앞에서 '바캉스라는 것'이 '~라는 것'이라는 짐을 잠시 내려놓고 '바캉스'라는 이름을 되찾는 것이다.

그런데 정말 이것인가? 그는 바캉스를 안고 돌아가면서 생각할 것이다. 누군가에게 검증을 받고 싶을 것이다, 바캉스 검증 전문가가 있다면 말이다. 그러나 세상에 바캉스 검증 전문가는 없다……. 그렇기 때문에 그는 바캉스를 다시 한 번 꺼내어 살펴볼 엄두가 나지 않는다. 그것을 다시 꺼내어 보지 않고 밀어 넣어 둔다. 일상을 영위해 나간다. 그리고 깨닫는다. 맞다, 검사는 필요하지 않다. 오로지 애꿎은 의구심, 그리고 그로 인해 발생하는 지연의 시간만이 필요할 뿐이다.

시간이 지난다. 시간이 지나고…… 바캉스라는 것이란 이런 거구나, 하고 감탄했던 순간이 자연스럽게 기억을 장악한다. 사람들은 이러한 순간의 작용에 기대어 '참 좋은 바캉스였어,'라거나 '얘, 우리가 그해 여름에 제주에서 보냈던 날들 기억하니?'라고 말한다……. 마치 완결된 바캉스, 혹은 전체로서의 바캉스가 존재한다는 듯이. 이제 바캉스라는 것은 바캉스라는 안전한 위치로 격상되어 또 다른 바캉스의 순간을 기다리는 사람들에게 위안으로 작용한다. 하나의 순간이 기억으로 꾸며지고 격상됨으로써, 올라섬으로써, 사람들은 본다. 일상에서 어떤 형상이 나타나고 사라지는 모습을. 「당신의 K.」 속의 화자가 그랬듯이, 발코니에서. 의미도 목적도 없이.

*

　나는 이제야 꺼낸다. 아주 지루했던 바캉스의 기억.
시장에서 싼값에 구한 오렌지 빛깔의 바지를 입은 채, 한없이
걷고 있다. 군데군데 깨어진 포석, 고인 빗물. 아랑곳하지
않고 줄줄 쏟아지는 비. 스콜. 그쳤다. 나는 땀인지 비인지
모를 것을 얼굴에서 닦아 낸다. 눈 앞에, 흙이 뒤섞인 누런
강물이 울렁이는 게 보인다. 그것은 우주의 법칙을 무시한
채, 제방보다도 높은 위치에서 꿀렁이고 있다. 말도 안 돼.
기억의 장난이겠지…… 나는 머리를 흔들어 땀방울을 털어
낸다. 손등으로도 닦아 낸다. 이것이 내가 끊임없이 되뇌는,
내밀하고 시시한 '바캉스라는 것'의 한 예시다.

난간에 기대어[1]

"난간에 기대어"는 어떤 효과를 시니는 것일까?
『양방향』에 실린 나의 시 「해송 숲」 후반부에 등장하는
구절 "난간에 기대어 숲을 본다"가 눈길을 끈다. "난간에
기대어"를 삭제하고 "숲을 본다"라고 쓴다면 시의 분위기가
완전히 달라질 것이다.

    ⓐ 난간에 기대어 숲을 본다
    ⓑ 숲을 본다

얼핏 보면 ⓐ의 "난간에 기대어"가 "숲을 본다"는 행위에

---

[1] 시 「해송 숲」에서 가져왔다.

제약을 가하는 것만 같다. 텅 빈 백지에 그은 선 하나, 난간 하나인 것이다. 이 난간이라는 이름의 선을 기점으로 당신은 숲을 보게 된다. 이때, 당신은 그토록 보고 싶었던 숲을 마주하고 있는 중이라고 하더라도 이렇게 생각하기 쉽다. 이 선이 아니었더라면 내가 다른 방식으로 숲을 볼 수 있지는 않았을까. 그러니까 이 수식어가, 이 선이 내가 누릴 수도 있었을 또 다른 자유를 제한하고 있는 건 아닐까.

그러나 나는 '무엇이었다면/무엇이 아니었다면' 혹은 '무엇이 없었다면/무엇이 있었다면' 가졌을지도 모르는 자유나 가능성은 자유나 가능성이 아니라 그런 이름만을 덮어쓴 채 현재를 마주하지 못하게 만드는 덫에 가깝다고 생각한다. 그래서 나는 내게 선택권이 있는 경우라면, 차라리 과감히 제약을 선택함으로써(ⓐ) 이런 종류의 사고방식이 가져다주기 쉬운 함정을 피하기 위해 노력한다. 이럴 수도 있고 저럴 수도 있는 상황(ⓑ), 그러니까 이렇게도 숲을 볼 수 있고 저렇게도 숲을 볼 수 있는 흔히 자유롭다고 일컬어지는 상황은 오히려 내가 원하는 게 무엇인지를 알 수 없게 눈을 가리는 것만 같다.

나는 나를 막연함으로부터 벗어날 수 있게 도울 난간을, 제약을 원한다. 그것을 짚고 뛰어넘을 수 있기를, 미끄러질 수 있기를 바란다. 그렇지 않다면 내가 언제 어디서 어떻게

위험을 무릅쓸 수 있겠는가. 스스로 위험을 만들어 내지
않는다면 내가 위험을 무릅쓰고 숲으로, 바다로 내달리는
일은 결코 발생하지 않을 것이다. 나는 나를 총알처럼 쏘아
버리기 위해서 푸른 하늘과 푸른 숲, 푸른 바다를 눈앞에
두고 난간이 필요하다고 말할 수 있다. 제약이 필요하다고.
없다면 만들 필요가 있다고 말이다.

　물론 내가 선택한 제약을 상세히 살펴봄으로써 제약의
성격을, 조건과 효과를 파악하는 게 중요하다. 그렇지 않으면
제약이 선물하는 구체적인 풍경이 무엇인지를 파악하기
어려울 수 있다. 아무리 작은 풍경이더라도 그 풍경을 조건
짓는 난간이 어떤 것인지를 정확히 파악하기만 한다면
그것은 무한에 가까운 가능성을 보여 줄 수 있다고 나는
믿는다.

　이것이 시 짓기, 그러니까 글쓰기의 기본 원칙 중
하나라고 말할 수 있다. 무한에 가까운 백지의 상태에서
조금씩 조금씩 나 자신을 좁혀 들어가기, 제한하고 구속하기,
그러나 그러한 제한과 구속이 작동하는 방식을 기꺼이
즐겁게 혹은 다소 끈질기게 파고들어 감으로써 가능해지는
무한을 항상 의식하고 있기. 이것은 복잡해 보이지만
누구나 마음만 먹는다면 의식하고 실행할 수 있는 삶의 한
방식이기도 하다.

내가 ⓐ와 ⓑ의 비교를 통해서 말하고자 하는 바는 어떤 제약이 추가됨으로써 발생하는 새로운 상황이 그 자체로 글쓰기나 인생에서 발생할 수 있는 '자유'의 전부라는 점이지 결코 특정한 조건이 또 다른 특정한 조건보다 낫다는 이야기가 아니다. 특정한 조건(ⓐ)이 특정한 조건(ⓑ)보다 결코 더 낫거나 못할 수는 없는 법이다. 왜냐하면 ⓐ에게는 ⓐ라는 조건의 세계가 ⓑ에게는 ⓑ라는 조건의 세계가 유일한 가능성이기 때문이다. 이것은 이것으로서 완전하다. 그리고 이 완전한 세계에서 무한한 가능성은 계속해서 새로운 조건이나 새로운 제약의 이름으로 제시된다. 당신의 발목이나 손목을 잡고, 눈앞을 가리고, 어깨를 누른다.

이것이, 그러니까 당신의 헐벗은 자유를 덮고 있는 외투나 모자, 눈을 다 뜨지 못하도록 만드는 강렬한 햇빛이 가능성의 다른 이름이다. 해가 하나이며, 달이 하나이고, 대륙은 일곱 개라는 것. 전쟁이 수없이 발생하고 아이는 태어난다는 사실. 자유를 만드는 조건은 되돌릴 수 없는 조건이다. 예를 들어, 특정한 누군가를 사랑하게 되고 마는 것. 그것이 또 다른 누군가를 사랑하는 세계가 불러올 가능성보다 더 낫거나 못할 수 없다는 것. 비교가 불가능하다. 나는 받아들인다. 이것은 이것일 뿐이다. 이것은 이것으로서의 세계를 열어 보일 뿐이다.

그리고 그래서 그러나 나는…… 나는 "난간에 기대어 숲을 본다"는 선택지를 연다. 왜? 아무런 조건 없이 "숲을 본다"는 행위가 어느 순간 너무나도 순진하고 막연하게 느껴지기 때문에. 아무런 제약 없이 숲을 보기에는 늦었다. 해가 지고 있다. 시에서, 그리고 인생의 한 구간에서, 막연함은 충분하다. 내가 어디에 있는지를 결정해야 하는 때가 수시로 찾아온다. 나는 "난간"이라는 좌표를 설정한다. 여기서, 바로 여기서 숲이 보인다. 여기서만 숲이 보이는 건 아니지만 여기서 보이지 않는다면 저기서도 보이지 않을 것이다. 그때 비가 내린다.

*

난간은 구역을 나누는 데 사용되는 구조물이다. 난간은 구역을 나누는 동시에 가까이 다가오는 사람에게 ①위험을 알리고, 난간이 아니었다면 일어날 수도 있었을 ②안전사고를 방지하는 역할을 한다. 그러나 이 두 가지 특징만으로는 난간이라는 구조물을 완벽하게 설명하기 어렵다. 동물원의 철창도 위험을 알리고 안전사고를 방지하는 역할을 한다. 그러나 동물원에서 철창을 난간으로 대체하는 일은 없다. 왜냐하면 둘은 전혀 다른 성질과 목적을 지닌 구조물이기 때문이다.

난간을 여타 벽류 구조물(벽과 일종의 벽이기는 하지만 벽은 아닌 구조물을 전부 포함)과 구분 짓는 중요한 특징은, 난간이 추락의 위험을 암시한다는 사실로부터 온다. 난간은 울타리나 담장, 담벼락, 철창과는 다르게 대체로 높낮이가 크게 다른 두 지형의 경계에 세워지며, 한 영역과 또 다른 영역 간의 극심한 낙차를 주의할 것을 환기한다. 난간은 이렇게 말한다. '조심하세요, 잘못하면 떨어집니다. 당신은 높은 곳에 있습니다.'

그런데 '높은 곳에 있다는 사실'을 환기하기 위해서 존재하는 게 난간이라는 구조물이라고 생각하면, 난간에는 확실히 이상한 지점이 있는 것 같다. 내 기억 속에 존재하는 대부분의 난간은 매우 허술하고 불안하다. 금방이라도 부서질 것만 같다. 추락 예방을 위해서라면 차라리 벽을 세우는 편이 나았으리라는 생각이 들 정도다······.

기억 속의 나는 어딘가 높은 곳에 오르더니 난간이라고 불리는 것에 다소 부주의한 태도로 몸을 기댄다. 성급하게. 난간은 흔들리고 심지어는 휘어진다. 나는 깜짝 놀라 뒷걸음질을 친다. 아찔함. 안도의 한숨. 다시는 다가가지 않을 거야. 위험해. 그러나 나는 다시 한 번 용기를 내어 난간으로 다가간다. 손을 뻗어 난간을 가볍게 붙들고 몸을 앞으로 기울인다. 가까스로 반쯤만 혹은 반의반쯤만 반의반쯤만. 무게를 온전히 싣지 않는 방식으로 기울일 때에만 가능해지는 새로운 전경을 탐색한다. 경탄, 이어지는 한 줄기 바람. 그 즐거운 높이의 바람을 느낀다.

난간은 허술함과 아찔함을 자신의 중요한 성질로 삼는다. 허술하지 않다면, 그러니까 불완전하지 않다면 난간이 아니다. '허약할 것, 불안하고 불완전하게 보일 것', 그리고 '아찔함을 보존할 것', 이것이 난간을 난간답게 만들어 주는 필수 조건이다. 왜일까? 난간은 단순히 위험을 방지하기 위해서만 존재하는 구조물이 아니기 때문이다. 난간은 위험을 알리는 동시에 위험의 경계에서 생성되는 매혹적인 조망의 광경을 알리는 역할을 한다. 그것은 말한다. '위험합니다, 조심하세요, 그런데 말이지요, 당신이 조심만 한다면, 이 높이로 인해 발생하는 멋진 광경을 즐길 수 있습니다. 높이 있다는 건 위험한 일이지만 즐거운 일이기도 하지요. 이리로 와서 한번 보세요.'

이런 이유에서 난간은 다소 엉성한 모습에다 충분치 않은 높이를 가지고 있다. 현기증 나는 풍경을 날 것 그대로 보여 줄 수 있어야 하기 때문이다. 최소한의 부피를 차지해야만 난간으로서의 역할을 다할 수 있다. 가냘프게, 불완전하게 서 있기. 저 멋진 풍경을 거의 다 내어 주기.

　나에게는 튼튼한 난간에 기댄 기억이 없다. 물론 튼튼한 난간에 기댄 적이 없지는 않을 것이다……. 그러나 튼튼한 난간은 난간으로서의 기억을 남기지 못한다. 왜냐하면 튼튼한 난간은 튼튼하다는 바로 그 이유로 반쯤은 난간이 아니기 때문이다. 그것은 두꺼운 벽이나 기둥, 담벼락으로 여겨지기 십상이다. 모름지기 난간이라면 삐걱거리고, 흔들거려야 하는 것이다.

　난간-난간의 살 간격은 내 몸의 절반쯤은 통과시킬 만큼 넓다. 무언가를 지탱하기 위해 만들어진 용도가 아니라는 걸 명확히 하려는 듯이 난간 살이 가늘다. 난간 살을 굵게 보강하거나 난간 전체의 높이를 높이는 건 가능한 선택지가 아닌데, 그 이유는 앞에서 살펴보았듯이 난간은 난간이기 위해서 최소한의 뼈대만으로 존재해야 하기 때문이다.

　난간은 비쩍 말랐고, 그 이유는 그의 뒤편에 펼쳐지는 풍경이 압도적이기 때문이다.

　말라 가는 난간.

　나는 간신히 난간으로서의 자의식을 유지하고 있는 난간을, 그런 난간을 닮은 시를 떠올린다. 무언가를 지탱하기 위해 만들어진 용도가 아니라는 걸 명확히 하려는 듯이 시는 시로서의 의식을 희미하게만 간직하고 있을 뿐이다.

무엇일까? 무엇을 보여 주려고 하는 것일까?

*

　　ⓐ 난간에 기대어 숲을 본다
　　ⓑ 숲을 본다

　ⓐ는 α+ⓑ다. ⓑ를 기본형으로 본다면, ⓐ는 기본형에
α라는 잉여가 붙어 있는 문장이다. 여기서 난간이라는 잉여
α는 문장이 완전히 쏟아지지 않도록 받쳐 주는 구조물의
역할을 한다. ⓑ"숲을 본다"는 홀로일 때(기본형일 때)와
다르게 "난간에 기대어"라는 수식어구를 만나서 그 자신의
가능성을 특정한 방식으로 고정한다. "난간에 기대어" 숲을
보기 위해서는 시선을 지상으로 안착시켜야만 한다. 아래로,
아래로, 그래, 아래로 내려앉힌다. 붙들어 매고, 당기고, 혹은
스스로 멈추도록 유도한다. 결국 홀로일 때와 다르게 된다.
홀로가 아니게 된다. 홀로가 아니다…….
　"숲을 본다"는 "난간에 기대어"라는 알파로 인해 홀로
존재할 때와는 전혀 다른 존재가 된다. ⓐ는 어느 순간
α+ⓑ가 아니라 ⓐ가 된다. ⓐ는 ⓐ야. 나는 말한다. 하나의
장면이 닫히는 동시에, 하나의 장면이 열리는데, 아마 이

장면에는 숲뿐만 아니라 숲으로 몸을 기울이고 있는 사람의 실루엣이 포함되어 있을 것이다.

다르게 읽을 수도 있다. "난간에 기대어"는 흘러넘치는 ⓑ를 막는 제방이다. ⓑ는 "난간에 기대어" 덕분에 자기 자신을 제어할 수 있게 된다. 뒤라스의 소설 『태평양을 막는 제방』에서 제방이 제 역할을 할 수 있었더라면 태평양은 재앙이 아니라 가능성이 되었을 것이다, 수잔의 가족에게. 그런 생각을 하면서, 나는 숲을 보는 일이 그 무엇과도 어우러지거나 부딪치거나 하지 않고 마냥 흘러가 버리지 않도록 결국 고삐를 잡는다. 잡아당긴다. 아니 어쩌면 내가 그렇게 하지 않더라도 ⓑ라는 자유로운 행위가 어느 순간 자기 자신을 붙들어 맨다.

ⓑ는 이제 길어졌다. 나는 생각한다. 어떻게 해도 홀로일 수 없다면, 그렇다면 "난간에" 잠시 기대어야겠다. 고정점을 가지고 싶다. 뛰어넘어 갈 수 있는 가능성이 여기 존재하는 "난간"으로부터, "난간"이나 잉여α가 붙은 새로운 시간과 새로운 문장으로부터 시작된다는 걸 기억하고 싶다. 나는 이 시가 바로 그 "난간"의 역할을 할 수 있기를 바랐다. 필요할 때엔 언제라도 하늘이 어두워지고, 날카로운 비가 내리기를. 어두워서 새롭고 새로워서 어두운 풍경이 나타나기를 바랐다.

그의 이름은 친구[1]

　그와 같이 길을 낼 때, 나는 비현실적인 존재가 된
기분이었다. 그의 말에 따르면, 그는 무척 착실한
학생이었고, 자상한 친구였으며, 선량한 시민이었다.
네덜란드에서는 술 중독자를 마리화나 중독자보다 훨씬 더
심각한 문제로 본다. 술을 마시느니 차라리 마리화나를 섞은
쿠키나 음료를 먹는 게 낫다. 그는 사람 좋은 미소를 띠며
말했다. 그는 덩치가 작은 편이었고, 나를 데리고 다니는
내내 중학생이나 입을 법한 빨간 체크무늬 후드를 입고
다녔다. 얼굴이 조막만 했지만 긴 편이어서 묘한 인상을
주었다. 스무 살이 갓 넘었으려나.

---

[1]　시 「쉬는 방법」에서 가져왔다.

나는 여행 내내 신고 다니던 머렐 트레킹화를 보았다.
축축한 검은 흙이 기분 좋았다.

네덜란드의 겨울은 생명력이 가득했다.

그날은 그렇게 춥지 않았고, 나와 그는 걷다가 말고
자전거를 탔다. 군데군데 흙탕물이 고여 있는 헤이그 외곽을
달렸다. 그런데 정말 그랬나? 자전거 두 대가 어디서 났는지
모르겠다. 대여소가 있었던 것도 아니다. 그의 성격을
생각해 보면, 나를 맞이하기 전에 자전거 두 대를 옆집이나
친구로부터 빌려서 미리 준비해 두었을 가능성이 컸다.
그러나 그는 사흘 내내 내 곁을 떠난 적이 없었다.

내 옆을 지키는 게 그에게는 중요한 일이었기 때문이다.

그래서 자전거는 기억 속에서 갑자기 나타났다.

자전거를 타다가 말고 내버려 두면, 요즈음의 공유
자전거나 공유 킥보드처럼 홀연히 사라지거나 정리가
되거나 했겠지. 물론 그랬을 리는 없었겠지만, 결국엔 기억은
그런 식으로 움직였다.

……

그래서 타다가 말고 지상으로 내려오면, 자전거는 소리
없이 뒤로 물러났고, 멀어지다가 결국엔 사라졌다. 우리는
페달을 마구 밟다 말고 흙길에 내려서 여기저기를 쏘다녔다.
깊게 파인 도랑으로 가지를 늘어뜨린 버드나무 종(種) 여러

그루와 풍차 한 채가 보였다.

어쩌면 우리는 양쪽으로 평야를 면한 흙길을 걸으며 수영법이나 학교생활 등에 대해 이야기했다.

평야의 일부를 이루는 기름진 검은 땅이 다시금 가까이 와 닿았고, 공기의 흐름이 느려졌다. 누가 보아도 황량하다고 말할 수밖에 없는 풍경이었지만 그 황량함의 색채가 무척이나 힘이 세어서 강한 생명력을 느끼게 했다. 습기를 머금었기 때문일까? 모든 게 일시적인 것으로 보였다. 곧 비가 다시 내릴 것만 같았다. 아니 이미 내리고 있는 것만 같았다.

그는 네덜란드 사람들은 모두가 수영을 할 줄 안다며, 수영이 초등학교 의무 교과로 지정되어 있다고 했다. 그가 해 주는 네덜란드 이야기 대부분이 안내소 팸플릿이나 위키피디아, 론리 플래닛 등에서 읽을 수 있는 판에 박힌 성격의 것이었다. 그가 해 주는 일상 이야기도 딱히 인상적일 게 없었다. 그러나 그는 이야기를 멈추지 않았다. 무엇이 되었든 내용이 중요하지 않은 텅 빈 말을 해맑은 얼굴로 가리고 있다는 점에서 그는 거짓말을 하고 있었다. 그도 알고 나도 알고 있었다.

너는 나의 환심을 사려고 노력하고 있어. 왜냐하면 내가 아무도 아니기 때문이야. 앞으로도 아무도 아니게 될 유일한 사람이기 때문에 너는 나에게 최선을 다하고 있는 거야. 나는 그의 푸른 두 눈을 물끄러미 바라보았다. 텅 비어 있었다. 그러나 텅 빈 눈과는 대조적으로 얼굴은 부끄러움과 열의에 가득 차 있었다!

그는 나를 보면서도 나를 보지 않는 것 같았다. 쾌활했고, 친근했다. 나를 알거나 모르거나 큰 상관이 없는 것도 같았고, 상관이 있는 것도 같았다.

그와 그의 가족은 내게 친절했다. 나는 그들의 집에서 사흘 정도 묵었는데, 그것은 전형적인 네덜란드풍 주택(이라고 그가 알려 주었다)이었다. 나는 불고기를 요리해서 맛보게 해 주었다. 함께 산책을 했다.

그가 무리를 해서 날 여기저기 데려가려고 하면 피곤하더라도 군말 없이 따라나섰고, 시시콜콜한 이야기를 전부 들어주었다. 오래된 친구가 된 기분이었다. 그렇게 해야 할 필요는 없었지만 그렇게 하고 싶기도 했는데 내가 거절을 잘 못하는 성격이기 때문도 있었지만 그가 보여 주는 네덜란드의 풍경이 특별할 것이 없었기 때문이었다. 그러나 특별할 것이 없기 때문에 분명히 더욱 잘 기억하게 되리라는 걸 당시의 나는 알고 있었다. 나는 알고 있었다. 자전거를 타면서, 자전거를 끌면서, 그리고 어느 순간엔

탈것으로부터 해방된 가벼운 두 손으로 걸어 다니면서,
카키색 크로스백을 등 뒤로 가볍게 옮겨 놓으면서, 사진을
찍고, 또 사진에 찍히면서, 그런데 사진의 배경이 그저
초록색 들판일 뿐이어서 아무것도 상기시키지 못할
것이라는 사실을 알아차리고는 기뻐하면서, 트레킹화에
묻은 진창을 아스팔트 턱에 긁어 대면서, 또다시 걸으면서,
축축한 흙 내음을 맡고, 풍차를, 바보 같은 풍차를 발견하고
뛰어가면서, 나는 알고 있었다. 이 모든 게 하나의
장면으로써 기억되리라는 걸. 그리고 그 장면의 배경이 단
하나뿐일 것이라는 걸 알고 있었다.

그것은 이 글의 처음에 등장한 생명력 넘치는 흙빛 겨울
공원일 수밖에 없었다. 곱씹는 것밖에는 돌아올 길이 없을
것이다. 모든 기억이 그렇듯이.

그래서 나는 더더욱 오래된 친구인 것처럼 굴었다.

지친 기색을 보였다. 무언가가 이미 내부에서 닳아 버린
것처럼 굴었다.

특별한 것이 없을수록 특별하게 기억하게 될 거야.

나는 외친다. 자전거를 가져 와, 우리가 다시 올라탈 수
있게. 우리가 그만큼이나 가까운 사이라면, 혹은 그만큼이나
가까운 사이라고 믿을 수 있으려면 자전거를 가져 와. 그러면
그런 사이가 되고 말 거야. 그리고 그는 그렇게 했다.

이 길로 돌아오면서.

영원히 이 길로 돌아오면서, 그는 시간이 부족한 사람처럼 굴었다. 잘 알지도 못하는 나에게 끊임없이 자신의 이야기를 늘어놓았다. 자신의 생활 영역으로 끌어들이기 위해 최선을 다했다. 친구가 되어야 한다. 친구가 되어야 한다고! 그는 웃음을 터뜨리면서 지겹게 굴었다. 단시간에 해치워야 한다. 그렇게 된다면. 그럼 내가 평생에 걸쳐서 해야 할 말을 단 한순간에 전달할 수도 있을 거야.

마르고 순박한 소년의 이미지를 가진 그가 어느 순간 중년으로 보였던 것은 이 때문일지도 모른다.

그가 그렇게도 강조하고자 했던 자신의 장점은 착함이었다. 착한 게 대체 뭐라고! 그는 착한 사람으로 보이려는 노력이 나에게 확실히 각인되었는지를 확인하려는 듯 가끔 내 눈을 들여다보고는 했다.

뭐야. 거기에 미래가 있다는 듯이. 그래, 그리고 내 눈에 그 네덜란드 청년의 미래가 있는 건 어떤 의미에선 사실이었다.

그가 드디어 말했다.

"그러니까 나에게는 오래된 친구가 한 명 있어."

나는 대답했다. 오케이, 고우 언.

(나는 내가 반쯤은 투명해졌다는 걸 깨달았다. 때가 왔군.)

바람이 불고 머리칼이 날렸다. 바보 같은 풍차 한 대가
들판에 서 있었다.

이거 바보 같네. 나는 생각했다. 말을 끊어서 미안하지만
사진을 한 장 찍어 달라고 했다. 그것은 2층 건물 크기였고,
외벽 색은 회색이어서 마치 한국의 동사무소와 같은 느낌을
주었다. 썸 코리안 빌딩스 룩 라이크 디스 원. 그는 예의를
다 해서 대답했다. 대답했지만 대답의 내용은 잘 기억나지
않는다.

그는 이어서 말했다.

그리고 나는 그 이야기와 사랑에 빠지고 만다.

"그러니까 나에게는 오래된 친구가 한 명 있어. 걔가 요새
날 너무 골치 아프게 해."

"그래?" 나는 바보 같은 풍차 앞에서 왔다 갔다 하고
있었다. 풍차가 너무 가까웠다.

"걔가 말을 안 들어. 우린 정말 오래된 친구란 말이야. 여섯
살, 아마 다섯 살 때부터 알았을 거야. 식구끼리도 알고 지내.
동네 친구라고. 난 걔가 힘들어할 때 항상 함께 했어. 걔가
농구를 얼마나 잘하는지 알아? 완전히 선수야."

그렇구나. 나는 그의 눈을 보자마자 그가 사랑에 빠졌다는
걸 알아차렸다.

요지인즉슨 그런 그의 오랜 친구가 최근 들어서 어려운
결정(대학 진학이나 병원 치료와 관련된 중요한 일이었던 것
같다)을 눈앞에 두고서 자기의 충고를 듣지 않아서 속이
터질 지경이라는 것이었다. 자기가 얼마나 신중하고
믿음직스러운데!

그가 생각할 때 자신은 친구에 비하면 분명 어른이었다.
그 친구도 물론 어른스럽다. 그건 알고 있다. 그러나 그
친구는 가끔씩 중요한 판단을 눈앞에 두고 감정에 휩싸여
얼토당토않게 행동할 때가 있는 것 같다. 절대 그런 선택을
해서는 안 되는데 내 말을 안 듣는다, 나는 20년 넘게 그
친구를 보살펴 왔고, 나의 이 보살피기 좋아하는 성정도 그
친구와 함께 하면서 형성된 것이다.

이 지점에 이르러서 나는 그가 낯선 사람인 나에게 지난
사흘 동안 건실한 청년으로서의 이미지를 쌓으려고 애를 쓴
이유를 파악했고 적이 당황했다. 웃음이 나왔다.

친구와 사랑에 빠졌다는 이야기를 털어놓을 또 다른
친구가 필요했던 것이다.

이 거리에서!

그는 알고 있었지만 모르고 있었던 게 분명했다.

그는 당황해하고 있었다. 자기 자신도 모르는 새에 진실에
도달해 버린 것이었다.

작동을 거의 멈춘 풍차가 삐걱이고 있었다. 음…….

그는 '내 말을 안 들어주는 친구'에 대한 감정을 이야기를 하기 위해 이렇게 먼 길 ─ 나는 뒤를 돌아보았고 거기에는 겨울의 흙길이 끝없이 펼쳐져 있었다 ─ 을 돌아온 것이다. 극구 부인하겠지만 사실은 사실이었다.

그는 자신의 감정을 받아들이기 어려워하고 있었다. 나는 아무 말도 하지 않았다. 거울처럼. 거울처럼. 초록색 관목이 조용히 나부끼고 있는 헤이그 외곽의 공원을 걸었다. 그와 나란히. 그는 필요로 했다, 산책을. 그는 산책을 필요로 하고, 나는 그것을 함께 한다.

이제 탈것은 없다. 시간은 조금 천천히 흘러갈 것이다.

나는 그의 집으로 돌아가 배낭을 챙겼고 떠났다. 그는 뭔가를 깨닫는 중이었고 내가 할 수 있는 건 없었다. 나는 결국 아무도 아니니까.

*

나는 그때만큼이나 명백하게 아무도 아닌 이가 된 적이 없었다. 동시에 그때만큼이나 순수하게 누군가의 친구였던 적이 없었다.

그가 얼굴에 환하게 담고 있던 쑥스러운 열의는 나를

향함과 동시에 나를 향하지 않았는데, 그 이유는 이야기를
풀어 놓을 상대방에게 향하는 열의와 이야기를 통과하여
도달하게 될 상대방에게 향하는 열의가 동시에 작용하고
있었기 때문일 것이다. 분열이 명백했다.

　나는 무언가를 이해하고 싶었지만 그대로 두었고, 10년이
지난 지금 글을 쓰다가 말고 깨닫는다. 그가 자신도 모르는
사이에 예술의 중요한 작동 방식 중 하나를 알려 주었다는
걸, 그리고 지금 쓰이고 있는 이 글이 성립될 수 있도록 돕는
고정점의 역할을 해 주었다는 걸 말이다.

　『시간의 각인』에서 타르고프스키는 인간은 고정된 자아를
가지지 못하기 때문에 괴로워하며 그렇기 때문에 결국
자기 인식이라는 활동을 할 수밖에 없다고 말한다. 그것이
인간 존재의 특성이라는 것이다. 이러한 논리에 따르면,
인간에게 있어 예술이라는 건 지속적인 상호 관계 속에서
자아를 인식하고 쌓아 나가기 위한 한 행위이다. 그리고 이
예술 행위에는 언제나 제3자가 동행할 수밖에 없다. 그렇지
않으면 고정된 자아상을 추구하고 형성해 나가는 일은
요원해질 것이기 때문이다. 이때의 제3자, 즉 "그의 이름"이
바로 "친구"다. 제3자에 대한 인식이 없다면 이 세계에는
축적이 존재하지 않는다. 이야기도 존재하지 않는다.

그는 이 사실을 잘 알고 있는 친구였다. 10여 년 전 그는 나에게 헤이그 외곽의 사랑 이야기가 성립될 수 있도록 도와주기를, 제3자가, 더욱 정확하게는 친구가 되어 주기를 청했다. 그의 아몬드 꼴 두 눈이 그렇게 말하고 있었다. 절실하게.

나는 기꺼이 그렇게 했고, 그리고 10년이 지난 지금 이번에는 그가 그렇게 해 주었다. 이 글이 글이 될 수 있도록 도와주었다.

나는 글의 배경이 된 거리가, 거리의 자전거나, 흙빛이나 관목이 끝없이 내 안에서 재생되고 있다고 느낀다. 언제나 거기 있다. 닳아 버린 건 아무것도 없다. 글을 쓰는 일이 나나 나의 기억을 닳게 없어지게 만들지도 모른다는 공포심이 가볍게 날아간다.

공기가 그리울 뿐이다.

흙 내음도.

내내 궂었던 헤이그의 날씨가 그립다.

여기에 얼마 전 한 친구가 나에게 했던 말을 덧붙여 기록해 두고 싶다.

"방금 이야기한 거 진짜 재밌다. 그런데 그 이야기보다도 네가 그 이야기를 하면서 재미있어 하는 걸 보는 게 진짜 좋았어."

커다란 건물[1]

나에게 커다란 건물이 있다면, 그것은 도쿄 중심부에
위치한다. 왜지? 친구가 묻지만, 확실한 이유가 있는 건
아니다. 그냥 거기에 있는 거다. 너무 멀다고 느끼기에는
너무 가깝고 너무 가깝다고 느끼기에는 너무 먼, 그런 외국의
어느 도시에 서 있는 거다. 그래야만 적당히 그리워할 수
있을 테고, 그래야만 적당히 나의 것이라는 확신을 받을 수
있을 것이다. 너무 가까이 산다면 건물에게 어떠한 그리움도
느끼지 못할 거야, 경탄도 하지 못할 테지. 다만 매일 그 앞을
지나다니며 '이것이 내 것인가,'하고 희미하게 중얼거릴
뿐일 테고, 그렇게 되면 완전히 내 것이 되기엔 그른 것이다.

[1] 시 「프랑스 마레 지구」에서 가져왔다.

그쯤에 있어야만 그래야만 커다란 건물의 전체를 상상해 볼 기회도 가질 수 있을 거야. 어쩌다가 진심이 된 거야? 친구가 묻지만, 나는 대답할 수 없어. 하지만 데리고 가서 보여 줄 수는 있다, 이 커다란 건물이 얼마나 현실인지 데리고 가서 보여 줄 수는 있다.

그것은 쥐색 벽을 한 건물이다. 차갑다. 차가운 온도를 지녔어, 대리석으로 벽을 둘렀거든. 세련된 건물이 일렬로 늘어선 비즈니스 거리 한가운데 위치해 있어서 정확한 번지수를 모르면 눈썰미만으로 찾아내긴 어렵지. 그런 건물을 가시고 싶어?

함께 온 친구가 묻는다면, 나는 그렇다, 고 답할 것이다. 왜냐하면 그것은 수많은 건물 사이에서 너무나도 늠름하지만 너무나도 늠름한 나머지 자기 자신의 색을 잃어버리고 말거든. 그러나 한번 나의 눈에 띄고 나면, 그러니까 한번 나의 것이라는 꼬리표를 투명하게 달고 나면 그렇게 달라 보일 수가 없는 평범한 커다란 건물이거든. 모든 평범한 물건과의 관계는 그런 식이 되고 만다고 나는 생각한다.

분명히 평범했던 물건이라서 좋아했는데 결국에는 평범함이라는 특색을 잃어버리고 특별한 무언가가 되고 마니까, 안타까울 따름이지……. 하지만 그때가 되면 늦었다. 어쩔 수 없이 특별하다. 눈에 띄고 만다. 그러나 멀리 산다면,

그런 점도 참을 수 있다. 멀리서부터 나를 반기는 커다란 건물이 부끄럽게 느껴지거나 지겹게 느껴질 일도 거의 없다. 그저 어쩌다 우리의 특별한 관계를 상기하기 위해 친구와 함께 여행객의 신분으로 보러 갈 수 있다.

남의 건물을 바라보듯이 어색하게 굴고, 그 앞을 서성이고, 사진을 찍는 것이다.

그러나 거리를 지나는 대부분의 행인은 나와 건물의 관계를 모른다. 나는 분명히 이 커다란 건물의 주인이지만, 일본어를 할 줄 모르고, 일본의 여름에 익숙하지 않아서 땀을 뻘뻘 흘린다. 거추장스러운 한국어 안내서를 대충 접어 들고, 고개를 꺾어서 한껏 치솟은 건물의 실물을 감상하는 것이다.

건물의 꼭대기는 보이지도 않는다. 너무 크기 때문에 이것이 정말 내 건물이 맞는지를 확인할 길이 없다. 어느 부분에 상처가 나 있고, 어느 부분에 금테를 둘렀는지, 어느 창문이 유달리 더럽게 얼룩이 져 있는지 확인할 길이 없다. 나의 기억과 나의 건물이 어긋나서 누구에게도 소유권을 주장할 수 없게 될지도 모른다. 어쩌면 이런 결과를 기다려 왔을지도 모른다. 분명 나의 것이 맞지만 나의 것이 맞다는 걸 확인할 길이 없는 거대한 무언가를 소유하고 싶어 왔을지도.

이것이 정말 그것인지 궁금해하며 커다란 건물의 기둥

앞에 선다. 쭈뼛거리며 다가간다. 기다린다. 손을 대고, 손을
대는 것만으로 이 건물의 거대함을 미처 다 이해하거나
감상할 수는 없겠지만. 그래도 손을 대고, 기다린다.

　공손한 관리인이 나와서 すみませんがどうしたのですか?
하고 묻기를. 그러면 나는 파파고 번역기를 이용하여
何もありませんㅇ이라고 말할 것이다. 뭐라고 말했어? 친구가
물으면, 아무것도 아니라고 말했어, 라고 답할 것이다. 수상함을
감지한 관리인이 다가서면, 나는 웃음을 지으며 땀을 닦을
것이다. 그리고 다시 한 번 파파고를 이용하여 말한다.
暑いですㅇ目めまいです° 뭐라고 한 거야? 관리인은 물러서지는
않지만 다가오지도 않은 채 나와 친구가 멀어지기를 기다릴
것이다.

　어지럽다고 말했어, 날이 덥다고. 그리고 상상할 것이다.
이 건물의 7층에는 멋진 수영장이 있다고, 그리고 상상은
분명 사실이라고. 나는 건물의 소유자이므로 건물의
내부를 속속들이 알고 있다. 7층에는 수영장이 있다. 다만
들어가서 두 눈으로 직접 확인하지 않을 뿐이다. 두 눈으로
직접 확인하지 않은 것에 대해서는 확신을 유예하려고
해. 왜냐하면 그런 유예야말로 즐거움이니까. 가진 것에
대해서는 조급함을 가질 필요가 없어, 이미 가진 것이니까.
언제든지 사실을, 세부를 두 눈으로 직접 확인할 수 있거든.

그리고 두 눈으로 직접 보는 일이 반드시 완벽한 소유로 이어지는 것도 아니고. 세부를 확인하려는 욕망, 그러한 확인을 통해서 나 자신을 확인 받으려는 욕망은 소유권을 명확히 하려는 자본주의의 욕망 자체인데 이런 종류의 욕망의 해소를 미루고 미루다 보면 도달할 수 있는 관계가 있으리라고 생각했어. 막연히 뭔가를 얻을 수 있으리라고 생각하는 게 인생에서 나쁜 일은 아니야. 나는 눈을 빛내며 말했지만, 친구는, 그저 네가 가지고 있는 걸 잘 모르는 거 아니냐고 말했다.

나는 그렇지 않다고 생각한다.

한 번 확실히 하고 나면 더 이상 이 건물을 사랑하지 않을 것 같아서 에두르는 것뿐이야.

① 그러나 거짓말! 만약에 나에게 커다란 건물이 있다면, 나는 나에게서 가장 먼 곳에 그것을 심어 두고 매일 같이 그리워할 것이다. 괜히 멀리 두었어, 투덜거리다가 결국 거처를 옮길 것이고, 건물이 그대로인지를 확인하기 위해 매일 매일 집과 건물을 오갈 것이다. 거기서 살면 되잖아. 아니, 그건 안 된다. 건물이 잘 보이는 공원에 앉아서 집에서 준비해 온 샌드위치를 꺼내 먹을 것이다. 아무도 내가 저 건물의 주인이라는 걸 모르게 할 것이다. 다만 이 공원의

비둘기와 참새와 송충이가 알 테면 알라지. 가끔은 먼 도시로 여행을 떠날 것이다. 떠났다가 돌아오는 나에게 건물이 어떤 새로운 모습을 보여 줄지 궁금하니까.

② 그러나 또 거짓말! 만약에 나에게 커다란 건물이 있다면, 맨 위층은 안락한 작업실 겸 전망대로 꾸밀 것이다. 테라스도 만들 것이다. 프랑스식 테라스, 미국식 테라스, 일본식 테라스, 식민지풍 테라스……. 지붕이 있거나 없는 테라스, 옥상 파티 존. 1층은 개인 작업실이 아닌 카페형 공동 작업실로 꾸밀 것이다. 내가 좋아하는 작가들이 찾아와서 작업노 하고, 대화도 나눌 수 있도록 할 것이다. 기다란 카페 바를 둘 것이다. 나는 바 뒤편에 난 작은 출입문을 통해 오간다. 지하 1층은 독립 영화를 상영하는 영화관으로, 1층과 2층은 외부인이 방문할 수 있는 개방된 공간으로 만든다. 그러나 3층부터는 방문이 제한된다. 수영장, 아마도 내 시집에 등장했던 모습 그대로의 수영장이 한 층 전체를 차지할 것이고, 아늑한 연립 주택 내부를 떠오르게 하는 주거 공간이 두세 개의 층을 차지할 것이다. 햇볕이나 공기, 생물 등이 모두 연립 주택의 분위기를 자아내야 하므로 쉽지는 않을 것이다. 사무실이 필요하다. 직원들이 필요하다. 호텔을 여러 층 만든다. 숙박객만 이용할 수 있는 숙박객 전용 엘리베이터도 따로 만든다. 작업실도 몇 개 더 만들고,

스타벅스도 두어 개 넣는다. 어쩌면 쇼핑몰도 넣고, 운동장도 넣고, 아예 동네 전체를 넣지 그래?

그럼 나는 그 동네에서 평생을 지낼 것이다. 어쩌다가 나만의 커다란 건물에 수많은 사람을 이주시키게 되었는지도 잊어버린 채.

1층의 카페에서 대부분의 시간을 보낼 것이다.

혼자 지내면 쓸쓸하니까, 하고 생각할 것이다.

③ 결국 밖으로 나가고 싶어질 것 같아. 나만의 커다란 건물을 상상하고 싶어질 거야. 이 글의 처음으로 돌아가서 멀지도 가깝지도 않은 도쿄쯤에 나만의 커다란 건물이 생겼다고 상상하고 싶어질 것 같다.

④ 그리고 더운 여름 날 친구와 함께 지나쳤던 일본의 평범한 건물을 떠올린다. 그것은 잿빛이었고, 깨끗했으며, 내부를 보여 주지 않았다. 푸른색 야자나무가 입구의 왼편에 위치해 있었다. 내가 찍었던 건 야자나무의 이파리뿐이지만, 내가 기억하려던 건, 그 너머에 서 있던 커다란 건물 전체였으며, 커다란 건물 전체가 품고 있는 낯선 이야기였다.

⑤ 나는 하나의 사진 조각으로부터 만들어 낼 수 있는 낯선 이야기 수백 수천 개가 전부 내 것이기를 바란다.

나는 친구와 함께 천천히 숙소로 돌아간다. 나만의 커다란 건물을 뒤로한 채.

*

어릴 적, 비디오테이프를 가지고 노는 걸 좋아했다.
VCR 기기를 이용하여 비디오테이프를 재생했던 기억은
거의 남아 있지 않다.(기억은 대체 어디로 가 버리는 걸까?
그것은 내가 한 번도 본 적 없는 아파트 내부로 기어들어 가서는
맞다고도 틀리다고도 말하기 힘든 장면을 연출하고 있다.) 내가
좋아했던 건 비디오테이프 여러 개를 쌓아서 성벽이나
도로, 집의 단면도를 만드는 놀이였다. 비디오테이프 대신
카세트테이프나 CD 케이스, DVD 케이스를 활용하기도 했다.
　나는 비디오테이프가 재생기기를 통해 보여 주거나
들려 주는 세계보다도 비디오테이프의 무게와 형태가 지닌
가능성, 즉 현실 쪽에 더 관심이 많았다. 그쪽이 더 재밌었던
것 같다. 얼마나 다채롭고 환상적이었는지. 이건 성벽이고,
이건 레이싱을 위한 도로이며, 이건 주방이고, 이건 작은
방이었다. 너무 높게 쌓을 필요도 없고, 너무 멀리 갈 필요도
없었다. 나 자신을 중심으로 방사형으로 뻗어 나가는
비디오테이프 도시를 만들었다.
　눈이 오는 날이면 눈 벽돌을 쌓는 걸 좋아했다. 눈을

뭉쳐서 눈 벽돌을 만든 다음, 집을 만들려고 시도했다. 물론
집을 완성하기 전에 눈이 녹았기 때문에 한 번도 완전한
형태의 집을 만든 적은 없었다. 그래도 머릿속으로는 완전한
형태의 집을 그렸다, 항상.

　　에세이를 이런 식으로 쓰는 이유가 무엇인지
곰곰이 생각하다 보니 이런 기억들이 떠오른다. 나는
비디오테이프가 내부에 품고 있는 세계를 탐구하기보다는
비디오테이프가 다른 차원 ─ 내가 속한 세계의
차원 ─ 에서 만들어 낼 새로운 세계를 그리워하는 편이
더 좋았던 것 같다. 눈사람을 만들기보다는 눈을 쌓아서
주차장과 화단, 놀이터를 다르게 볼 수 있는 벽을 만들기를
좋아했다. 비록 새로운 세계의 완성이 요원하다고 할지라도.
서성이는 편이 좋았다. 이미 주어진 세계가 아닌 새로운
세계를 그리워하는 일이 곧 현실의 물건을 만지작거리고
쌓아올리는 일과 동일하다는 사실을 그때쯤에 이미
깨달았던 걸지도 모른다. 완성이 요원하면 요원할수록
그리움이 생생해져서 현실이 된다는 사실도.
　　이 모든 깨달음이 나를 지금의 글쓰기로 데리고 왔다.
나는 단어를 그리워하는 것이, 단어가 이미 품고 있는 세계로
깊숙이 들어가는 일보다 좋다. 단어의 바깥에서 영원히

그리워하는 편이 차라리 낫다.

　단어와 단어를 쌓아서 벽을 만들고, 그 벽이 다르게 보이게 만들 현실을 무차별적으로, 환상적으로, 내내 그리워하고 싶다. 그런 것 같다.

　나는 '자폐적'이라는 단어를 떠올린다. 그것은 과연 바깥으로는 열리지 않는 단어일까? 벽을 쌓는 일이 벽으로 이루어진 건물을 그리워하는 일과 같다면, 그리고 이 건물이 사실은 언제나 우리 곁에서 도심을 밝히고 서 있다면, 벽이라는 단어를 쌓는 데에 사용되는 '자폐적'이라는 단어에는 안도 바깥도 존재하지 않다는 걸 알 수 있다. 그것은 그저 무한한 가능성을 지니고 있기 때문에 불안한 하나의 단어일 뿐이다.

　어떻게 사용할 것인가? 나는 그것이 무엇이 되었든 되도록 멀찍이 두고 키워 나가고 싶다. 이미 주어진 것에게 사랑을 느끼려면 어쩔 수가 없다. 세상의 모든 현실을, 그 낯선 면모 전부를 수확하고 싶은 쓰는 자로서의 욕망으로 인해, 나에게 커다란 건물이 있다면, 나는 친구와 함께 천천히 숙소로 돌아간다. 나만의 커다란 건물을 뒤로한 채.

　가족과 같이 그리워하고, 보살피고, 그러나 남인 듯이 눈 감으면서. 서성이면서. 글을 쓴다.

돌을 들어

　돌을 좋아하는 이유는 돌과 돌이 잘 구분되지 않기
때문이다. 그러니까 나는 특정한 돌을 좋아하거나 기억하는
게 아니라 돌이라는 게 돌이라는 것과 잘 구분되지 않는다는
특징을 좋아하고 기억하는 것이다. 돌과 돌. 잠자코
들여다보아도 흔적은 보이지 않는다. 나와 특별한 의미
작용을 나누었던 흔적은 진작 사라지고 없다. 이건 분명 슬픈
일이지만, 나는 이 슬픈 일을 몹시도 좋아한다. 알았던 돌과
모르던 돌을 마주할 때마다 반복될 수밖에 없는 슬픔이, 돌이
돌일 수밖에 없는 현실이, 나에게는 그런데 어렴풋한 빛으로
작용하니 이상한 일이다.

｜　시 「건넌다」에서 가져왔다.

*

작년 말에는 내가 만든 일인 출판사 말문에서 다이어리
소설『그래서 나는 이야기를 시작했다』를 발간했다. 이 작은
활자 물건에 실린 단편「그래서 나는 이야기를 시작했다」는
'이야기를 시작할 수 있는 한 가지 방법'에 대해서 말하지
않으면서 말하고 있다. 말하지 않으면서 말하기 위해 나는
머릿속으로 커다란 나팔 하나를 그렸다. 그리고 소설을 쓰는
내내 이 나팔을 따라갔다.

말들이 쏟아지도록 두고 싶었지만, 혹은 세게 불어서
흩뜨리고 싶었지만, '나'가 그렇게 하고 있으며, 그렇게 하기
위해서 나팔을 불고 있다는 사실을 말하지 않으면서 말하고
싶었기 때문에. 모든 건 흘러가야 했다. 충동을 충동으로서
전달할 수 있기를, 충동을 설명할 필요가 없기를 바랐던 것
같다.

돌이 돌이라서 좋을까? 아닐걸. 돌이 돌이라서 좋다는 말은
거짓말이야. 저것 봐. 사람들이 돌이 돌이라서 좋다는 말을
사용할 수는 있지. 예컨대, 시간 때우기용이나 회피용으로
말이야. 어쨌든 말은 이들에게 사용되는 거지, 돌이 이들에게
사용되는 건 아니지, 괜찮지 않아? 돌의 입장에서도 해볼 만한

일일 거라고 생각해. 심지어 이야기의 중심이 된 매끄럽고
특이한 '실제의 돌'을 손으로 만지고 있다고 하더라도 말이야.
그건 돌의 사용이지 돌이 아니잖아. 아닌가? 나도 이제는
헷갈려. 그런데 어쨌든 말은, 말은, 대체로 그런 식으로밖에
이용할 수 없잖아. 지금 이 말이 너에게는 돌인 것처럼.

—「그래서 나는 이야기를 시작했다」 부분

　내가 목표로 했던 건, 오로지 말을 **하기** 위한 말을 하는
것이었다. 대부분의 사람들(나 포함)이 말이라는 걸 사용할
때에 말이라고 할 만한 것을 하지 않는 방식으로 말을
하고 있다고, 말이 말이라고 할 만한 것인지 아닌지에 대해
크게 생각하지 않고, 어떻게든 말을 하기 위해서, 연결되기
위해서, 말을 하고 있다고 생각했고. 이러한 말하기를
글쓰기에 적용하고 싶었다.

　말이라고 할 만한 것을 전혀 하지 않으면서도 말을 할 수
있는지, 그러니까 말이라는 걸 말답게 사용하지 않으면서,
혹은 말이라는 걸 말답게만 사용하면서, 차이가 무색한
돌과 돌처럼, 세워 둘 수 있을지가 궁금했던 것이다. 그러나
막상 이 방법 —— 나팔 방법? 삼각주 방법? 방법 말하지 않기
방법? —— 으로 소설을 성립시키는 게 쉽지가 않았다.

　이때, 나는 또다시 돌에게서 힌트를 얻었다. 우리가

우리이기 위해서, 옆 사람의 어깨를 툭툭 치고는, '돌이
돌이라서 좋다'는 말을 사용할 수는 있다. 그러나 그렇기
때문에, '돌이 돌이라서 좋다'는 말은 반만 진실이고, 때때로
거의 거짓이다. 왜냐하면 우리는 대체로 말보다는 말을 들을
사람을 중요하게 생각하고, 그래서 말보다는 말을 **하기를**
더 중요하게 생각할 수밖에 없기 때문이다. 돌보다도 돌의
사용이, 날씨보다도 날씨의 사용이 중요한 것이다. 우리가
바로 이런 방식으로 말한다는 사실을, 그러니까 **말이라는
걸 사용할 때에 말이라고 할 만한 것을 하지 않는 방식으로
말을 히고 있다는 사실**을 생각하면, 말은 돌이다. 들어서
던지는 게 훨씬 중요한.

그러나 말을 "대체로 그런 식으로밖에 이용할 수 없"다고
해서, 아무 말이나 해도 괜찮은 건 아니다. 돌의 사용과 돌의
존재를 구분하듯이, 말의 사용과 말을 구분하고, 어루만지고,
분별하면서. 결국에는 분별이 없는 상태로 진입할 수밖에
없다고 해도. 구별할 수 없게 된다고 해도.

느끼면서. 느끼는 게 소용이 없게 되겠지만 느끼면서.
불현듯 이 손, 이 돌, 이 벽을 함께 처다보는 순간을 지켜야
한다고. 이것이 말이 되지 않는 방식으로 말이 되려는 이
소설이 구체성으로 빛날 수 있는 유일한 경로라고 나는
생각했다.

*

    돌이라는 단어는 단어의 구별 불가능성을 표면에 그대로 드러내는 독특한 단어-실체-대상이다. 실제의 돌은, "돌은 돌이지만 그 돌이 아니다"[2]라는 문장을, 즉 결코 같은 돌은 없지만 돌은 돌(이라는 기표)이기 때문에 결국 다 같은 돌로서 인식되고 사용될 수밖에 없다는 사실을 스스로의 표면에 체현한다.

    이 같은 특성을 돌이라는 단어-실체-대상만큼이나 잘 체현하고 있는 단어를 찾기 어려운 이유는, 단어에 대응하는 개별 대상의 대다수가 스스로의 개별성과 구체성을 비교적 강하게 표출하기 때문이다. 단어는 단어로 돌아가지만, 단어에 대응하는 개별 대상은 (그게 어디가 되었든) 웬만하면 돌아가지 않는다. 자기 자신으로 남는다. 그러나 돌은 이러한 '차별에의 의지'를 거의 발휘하지 않거나 발휘하더라도 그 정도가 미미하여 거의 식별되지 않는다.

    돌은 돌들로부터, 돌의 무더기로부터 들어 올려진 그 순간에만 잠시 개별 대상이 될 뿐이며, 금세 돌로 돌아간다. '돌은 그 돌이지만 결국 돌'인 것이다. 차이의 무화 과정을

2 2022년 발간된 나의 세 번째 시집 『별세계』에서도 돌 사랑은 계속되었다.

아주 잘 알고 있는 사물로서의 돌은 이러한 속성만을 자신의
전부로 삼은 듯 무심한 모습이다.

그래서 내가 돌을 좋아하는 것이다. 나는 이것이 돌이라는
단어의 가능성의 전부라고, 처음엔 생각한다.

ⓐ 돌은 돌이지만 그 돌이 아니다.
ⓑ 돌은 그 돌이지만 결국 돌이다.

그러나 곰곰 생각해 보건대 ⓐ와 ⓑ는 같은 말이 아니다.
시인으로서의 나는 본능직으로 ⓑ가 아닌 ⓐ를 선택하는데,
그 이유는 ⓐ와 ⓑ가 지닌 가능성의 크기가 완전히 다르기
때문이다. ⓐ는 ⓑ보다 훨씬 크다(ⓐ⊃ⓑ). ⓐ는 ⓑ를 기본
명제로 삼고는 있지만 결코 그 명제에 얽매여 있지는 않다.
ⓐ는 이렇게 말한다. 이 돌은 돌이기는 하지만 내가 만났던
그 돌이 아니라고. 돌은 돌(이라는 기표)이기 때문에 결국 다
같은 돌로서 인식되고 사용될 수밖에 없다는 걸 알지만(ⓑ),
이 명제를 잘 알고 있기 때문에 오히려 나는 돌과 돌을
구별할 수 있다고 말이다.

ⓐ는 ⓑ라는 명제가 가하는 제약³이 있기 때문에 오히려

---

3 어쩌면 이런 게 난간일지도 모른다. 앞선 글 「난간에 기대어」를 참고할 것.

특정한 돌과의 기억을 끌어들일 수 있게 된 것처럼 보인다. 돌은 돌이 되고 말지만, 특정한 돌과의 특정한 기억만은 이쪽에 소속된 것이니까. ⓐ는 소멸한 "그 돌"에 대한 애도를 진행할 수 있다. "그 돌"의 죽음을 받아들일 수 있게 되는 것이다.

*

　나는 하릴없이 돌을 들어서 던지고, 돌을 들어서 던지는 장면을 상상한다. 그 돌은 그 돌일 수가 없지만, 그 돌은 그 돌일 수밖에 없다. 왜냐하면 이름이 "돌"로 같기 때문이다. 이 어쩔 수 없는 기표 작용이 '무언가 다르거나 달라질 수도 있었음'을 가볍게 지워 버리고 만다는 사실이 마음에 든다. 죽음이다. 그런데 죽음은 가능성이기도 하다.

　같은 돌일 수도 있고, 다른 돌일 수도 있는 돌. 그럴 수도 있고, 아닐 수도 있는 가능성을 가진 돌. 그러니까 양방향적인 이 돌, 이 돌을 이제 나는 던진다.

결말[1]

나는 결말에는 특성한 형태와 크기가 있다고 생각한다. 한손에 잡힐 정도로 작고 명확한 결말인 경우, 관객이 그것을 붙들고 집까지 걸어갈 수 있다. 그러나 모든 작품의 결말이 이동에 적합한 형태로 응축되는 건 아니다. 어떤 결말은 결코 한 지점으로 좁혀지지 않으며, 붙잡히지도 않는다. 그것은 한 면으로 이루어진 정육면체, 혹은 네 개의 변으로 이루어진 삼각형과 같아서 결코 관객과 관리인이 기다리고 있는 출입구로 얌전히 모여들지 않는다. 이런 종류의 결말은 스크린의 가장자리에서 잠자코 사라질 뿐이다. 그러나 이처럼 형태라는 말이 무색한 결말도 영화가

[1] 시 「모래 바구니」에서 가져왔다.

끝난 직후에는 잠시 잠깐 손잡이의 형태를 띤 채로 붙들릴 때가 있다…….

　자신을 손잡이나 막대기, 혹은 돌돌 말아 쥐기에 편한 얇은 책자로 형상화해 내는 데 성공한 결말은 손이나 손에 상응하는 정신에 꽉 붙들린 채 영화관을 벗어날 수 있다. 맞아, 나는 천천히 걷는다. 아주 작게 고개를 끄덕인다. 감상 하나 정도는 움켜쥐었다고 생각하며…… 버스 정류장으로 향한다. 하나둘 불 꺼진 상점가 거리를 지나친다. 그런데, 아무것도 명확하지 않다. 영화관을 벗어나는 즉시 모든 건 산산조각이 난 채 흩어지고 말았구나. 어디로? 어디로 간 걸까? 나는 맨눈을 더듬는다.

　나는 본다. 여기까지 걸어오는 동안 꽉 쥐고 놓지 않아 온 결말이라는 물건을 거리에서 몰래 꺼내어 보고는 깜짝 놀란다. 영화관을 나설 때만 해도 분명한 무게와 형태, 인상으로 다가왔던 손잡이는 대체 어디로 간 걸까? 그것은 주머니 바깥에서는 용도가 없고, 흐리멍덩할 뿐이다. 주머니라는 이름의 이미지나 이미지에 준하는 용기(容器) 내부에서만 빛을 발할 뿐이다. 그제야 나는 알아차린다. 하나의 해결책이나 매듭으로서 응축된 그것은 실제에 꼭 들어맞는 손잡이가 아니다. 각자가 각자의 자리에서 각자의 정신으로 낚아챈 만큼 딱 그만큼 실제적일 뿐인 것이다……. 그것은 집으로 돌아가는 주머니 안에서만 빛난다.

*

관객은 영화의 시간으로부터 벗어나 있으며, 그런 의미에서 초인(超人)이다. 원하든 원하지 않든 그는 영화 속의 인물과 이야기를 넘어서 존재할 수밖에 없으며, 그로 인해 현기증을 느낀다. 거북함? 그는 다른 시간으로부터 주어진 결말이라는 이름의 손잡이를 만지작거린다. 무언이 그에게 온 것일까?

결말과 결론은 다르다. 네 말의 결론이 무엇이냐는 질문은 흔하지만, 네 말의 결말이 무엇이냐는 질문은 흔하지 않을 뿐만 아니라 대답하기도 어렵다. '그래서 결론이 뭔데?'라는 말이나 '본론부터 말해.'라는 말에서 알 수 있듯이, 결론은 흔히 화자가 말하기를 통해 최종적으로 도달하고자 하는 목표, 즉 핵심과 같은 것으로 여겨진다. 그리고 사람들은 자신이 말을 꺼내는 이유를, 의도나 효과 등을 어느 정도 알고 있다.

그러나 네 말의 결말이 무엇이냐는 질문에는 (결말과 결론의 차이를 의식하는 사람이라면) 그 누구도 적당한 대답을

하기 어렵다. 결말은 초인적이고 초현실적인 것이기
때문이다. 그것은 모든 인간적 시간이 끝난 뒤에, 불이
꺼지고 문턱을 넘어선 뒤에, 계산과 추론의 영역을 넘어서서
도래하는 마지막 모양새(結末)와 같은 것으로 결론에
도달하고도 한참이 지난 어느 시점에 우연히 마주하는
시간의 뒷모습이다.

시간의 뒷모습을 미리 볼 수 있는 사람은 없다. 그것은
무엇인가가 한차례 종료되어야만 도래하는 어떤 것이다.
그러니 영화의 결말을 영화의 등장인물이 파악한다는
건 불가능할 수밖에 없다. 결론은 준비할 수 있지만,
결말을 준비할 수는 없다. 결말은 결론[2]과는 다른 차원[3]에
존재하니까. 그것은 영화에게 주어진 시간의 바깥에서만
생성될 수 있으므로, 언제나 뒤늦게 도착한다.

따라서 영화는 상영이 끝난 뒤에야 찾아오는 결말을,
그러니까 자신의 뒷모습을 볼 수 있는 관객을 영영 그리워할
수밖에 없다.

이것이 영화의 노스탤지어다.

노스탤지어.

2 영화의 결론.
3 영화가 아닌 영화관의 차원. 영화관이 존재하는 시간과 공간, 그리고 그곳에
   존재하는 관객.

물론 관객은 관객대로 노스탤지어를 느낀다. 그는
관객이었던 때를, 관객이었던 시간의 뒷모습을, 극장을
나서는 즉시 그리워한다.

나는 수많은 관객이 결말이 잘 포획되는 지점에 서서
영화의 끝을 기다리는 장면을 상상한다. 그럼 영화관은
영화라는 이름의 강물이 흐르는 곳이 된다. '그러니까 이렇게
혹은 저렇게 된 거구나,'와 같은 말과 함께 영화에 대한
나름대로의 이해가 머릿속에서 불을 밝히는 순간, 매듭이
지어진다.

그 순간 ── 극장에서 불이 켜지는 순간일까? 정신을
차리고 옷매무새를 가다듬는 순간일까? 화장실에 간 사람을
기다리며 서성이는 순간일까? ── 에 영화관은 결말이
잡히는 낚시 포인트가 된다. 절벽, 강가, 너른 바위…….
나는 헤밍웨이의 단편 「심장이 두 개인 큰 강」을 떠올린다.[4]
"심장이 두 개인 큰 강"가에 모여든 관객은 각자만의 결말을
건져 올린다. 그렇다. 특히 결말이 잘 낚이는 지점이 존재할
수도 있을 것이다. 아주 작고 좁은 문이나 만(灣), 무거운
출입문의 틈새와도 같은. 그리고 바로 그 좁은 목으로

----

4 별일이 일어나지 않는 이 단편을 무척 좋아한다.

사람들이 몰려든다. 무엇이든 붙잡아야 하니까.

영화관에 가득 찼던 영화가 배수구를 향해 몰려든다. 작은 소용돌이가 생겨난다. 지금 이 순간이 결말이라는 손잡이를 붙잡을 타이밍이다. 관객은, 나는, 생각한다.

그러나 터무니없이 빠르게 사라지는 소용돌이. 멍하니 계단이나 에스컬레이터, 엘리베이터를 이용해 아래로 아래로 위로 위로 이동하는 관객, 뿔뿔이 흩어지는 관객은 어지럼증을 느낀다. 잡긴 잡은 걸까? 나는 두렵기 때문에, 혹은 현기증의 시간에 머무르고 싶기 때문에 자세히 들여다보지 않는다. 확신과 의심과 초조함 사이에서 입을 다문다.

그사이 구체적이었던 영화와의 만남 — 결말 — 은 빛을 잃고 만다. 본래부터 사로잡혔던 적이 없다는 듯이, "단 하나의 결말"을 향해 들이쳤던 영화의 전부가 흩어진다. 현실이 윤곽을 되찾을수록, 집으로 돌아가는 길이나 텅 빈 위장이 선명해질수록, "단 하나의 결말"은 희미해진다.

나는 내가 결말을 붙잡은 주체가 아니라 결말을 흘려보내는 깔때기일 뿐이라는 사실을 깨닫는다. 손잡이는 없다. 일상이 다시금 영역을 주장하기 시작한다.

*

시 「모래 바구니」에서 '나'는 '그'를 졸라서, 그러니까
'그'라는 바구니를 흔들어서 이야기를 얻어 낸다. '그'가
들려주는 이야기는 이야기로서의 형태를 완만히 쌓아
나가지만, 후반부에서 "단 하나의 결말을 향하여" 들이친
"잠의 파도"로 인해 무너지고 만다.

나는 이 시에서 "단 하나의 결말"에게로 들이치는
단어들을 본다. 그것들은 이야기가 되기 위해서 천천히,
천천히, 결말을 향하여 모여들고 있다. 그러나 한순간,
그러니까 모든 게 이야기라는 하나의 손잡이로 응축되려는
순간, "단 하나의 결말"은 쏟아져 들어온 단어들을 소화하여
단순한 형태로, 시로 뱉어 낸다. "어루만진다."

시의 후반부는 전반부에 비해 매우 간결하다. 나는
결말이라는 게 이런 식으로 자신을 구제한다고, 그러니까
결말이 결말에서 끝나지 않도록 자신을 중간 단계나 도구로
변환함으로써 영원히 결말로의 도착을 미루고 그리워한다고
생각하게 되었다.

그렇다면 결말의 손잡이 형태로의 응축이 단 한순간만
지속되는 이유를 조금은 이해할 수 있다. 손잡이는
노스탤지어를 향해 있을 뿐이며, 노스탤지어를 향해

있기 때문에 결국엔 흐릿해질 수밖에 없다. 결말은, 혹은
영화의 바깥은, 끊임없이 자기 자신을 이야기나 영화의
결론에 포함시킴으로써 결말이기를 거부한다. 그것은 어떤
의미에서는 결말의 지속이며, 결말의 두려움이다. 결말은
결말에게서 멀어짐으로써 새로운 결말을 향해 나아간다.
그러기 위해서 결말은 자기 자신을, 자기 자신의 손잡이를
감춘다.

이것이 손잡이가 그토록 차가운 이유다.

나는 나에게 그토록 선명했던 결말이 어째서 금세
사라지고 마는지를 겨우 이해했다고 생각한다. 그리고 이
이해의 문턱에서 비로소 나는 나라는 결말로부터 멀어진다.
내내 동행하고 있던 이에게 묻는다. 영화가 어땠느냐고.

말 음악[1]

최근에 한 사람이 내게 왜 질문을 해 놓고 대답을 하니까 듣지를 않냐고 핀잔을 주었다. 영 다른 곳에 가 버린 것처럼 멍한 표정이라고.

나는 웃으면서 대답을 아예 듣지 않은 건 아니라고 말했다.(사실이었다.) 멍하게 있었던 것도 사실이고, 한눈을 판 것도 사실이고, 한귀로만 듣고 있었던 것도 사실이지만, 대답을 듣고 있지 않았던 건 아니야. 왜냐하면, 나는 말했다. 왜냐하면, 잘 생각해 봐. 우리가 착각하는 게 있는데 사실 우리는 내용을 주고받기 위해서 말을 하는 게 아니다. 내용은 말하기를 지속하기 위한 위장 같은 것, 말과 말이 오갈 수

---

[1] 시 「도둑맞은 편지」와 「유리코끼리 같이 습성 편」에서 가져왔다.

있도록 영원히 지속될 수 있도록 돕는 규칙이나 시스템 같은 것이다.

그러니까 다들 사실은 그저 알고 지내는 이가 계속 말하는 걸 듣고 싶은 마음일 거라고.

말의 내용보다는 말을 하고 있고 말을 듣고 있다는 사실 자체에 안도감을 느끼는 것일 거라고 말했다.

말이 그 사람의 지문과도 같은 것이라는 생각을 지울 수 없다. 그 사람이 죽는다면. 그 사람이 죽는다면 그 사람이 말하는 방식도 죽는다.

그러나 그렇다고 함부로 말을 해도 된다는 건 아니다. 내가 함부로인 사람이니까 함부로 말할 거야, 와 같은 생각은 결국 고립을 불러온다. 위의 논리에 따르면, 말은 그 사람 자체이고, 그 사람 고유의 소리나 음악이기 때문이다. 함부로 말을 하면 그런 함부로 식의 말 음악을 들으려는 사람이 거의 없을 것이다. 계속 말해 줘. 이런 말을 듣기도 힘들겠지. 나한테는 왜 계속 말해 달라는 사람이 없지, 이런 고민을 하게 될 수도 있을 것 같다. 다 늙어서 침대에 홀로 누워서 생각하고 또 생각하고 그러다가 자기 자신에게 말을 걸기도 하는 것이다.

하지만 그런 사람에게도 결국엔 말하는 방식이라는 게

있어서 그런 사람이 죽고 나면 사람들이 어이구 그 사람
말하는 꼬락서니하고는 하던 게 어이구 그 사람 말소리 안
들리니 속이 시원하다로 바뀔 것이고 그런 이후의 말들이,
그런 이후의 말들의 변화가 그 사람이 거기 있기는 있었다는
걸 알려 주는 증거로 기능할 것이란 생각이 든다. 불쌍한
사람, 쓸쓸한 사람, 구제불능의 사람에게도 말이라는 게
있다는 게, 결국 그 말이라는 게 자신을 조직해서 흔적을
깊게 두루 남기고 만다는 게 좋은 일일까, 쓸쓸한 일일까,
쓸쓸하지만 그래도 괜찮은 일일까.

　나는 나에게 이런 말을 계속해서 들려주고, 때로는 가까운
이에게도 들려준다. 그리고 때로는 들으면서 까먹고 또
외면하고, 다른 생각을 하고, 걷는다.

　가끔 부모님 댁에 내려가 거실에 누워 있으면 가족이 저녁
티브이를 트는 때가 있는데 사실은 그게 별로 좋지가 않다.
좋을 때도 있지만 좋지 않을 때가 더 많다. 귀가 쉬고 싶어서,
라고 생각했고 그래서 그렇다고 가족에게도 말을 한 적도
있지만, 한편으로는 모르는 사람들의 목소리라서 듣기 힘든
거란 생각도 든다.

　모르는 사람들의 목소리가 듣기 좋은 경우도
있지만(그들은 전문 성우거나, 전문 코미디언, 혹은 전문 배우,

전문 성악가, 전문 MC로 소리의 전문가니까) 그건 대체로 '전달하려는 메시지나 상황 해석에 적합하다'는 기준으로 보았을 때 '좋은' 것이다. 무얼 말하려는지에 따라서 자유자재로 목소리를 높이거나 낮추고 템포도 조절하는 그들이 멋있어 보이기는 하지만. 그건 '그 사람' 혹은 '그 사람들'의 진짜 목소리가 아닌걸. 모르는 사람들의 모르는 목소리다. 그 사람들의 진짜 목소리는 그 사람들의 친구나 가족만이 알 거야.

난 중얼거리는 목소리가 좋고. 저 멀리 건넌방에서 무어라 무어라 속삭이는 목소리가 특히 좋다. 그런 걸 듣고 있으면 곧이라도 잠에 들 것 같고 실제로 집에서는 자고 또 자도 졸음이 몰려온다.

뭘 들었기 때문이 아니라 뭘 듣긴 들었지만 그 내용은 그다지 중요하지 않아서. 내가 잠들어 있을 때 나를 두고 엄마와 동생이 '언니, 자나 보다.' '그래, 언니 잔다.' '피곤했나 보다.' '언제 깨워야 될꼬?' '언니, 아까도 자지 않았나?'라고 끊임없이 의미도 뜻도 불분명한 말을, 서로의 말을 비슷하게 되받는 식으로 이어 가던 걸 기억할 수 있는데 이 기억이 꿈이었는지 현실이었는지는 잘 모르겠다. 나는 엄마와 동생이 나를 깨우려는 생각이 전혀 없으면서도 소리는 낮추지 않고 대화를 주고받는 게 아주 웃기다고 생각하면서 계속 잤고, 기분이 좋았다.

누군가가 자는 동안 말을 건다는 건 자고 있는 누군가와 그런 누군가에게 말을 거는 누군가가 아주 친밀한 사이일 때, 서로가 특별한 사람일 때 가능하다. 그렇담 친밀도는 다음과 같은 기준으로도 측정할 수 있을 것이다. 얼마나 자주 서로가 서로에게 아무 때나 아무 말이나 노래하듯이 흘려보낼 수 있느냐.

일부러 상대방이 자기를 기다렸다가 말을 거는 경우도 상상해 볼 수 있는데 그런 경우에 말이라는 건 정말로 음악도 소리도 아니지만 마냥 내용이지도 않은 것. 흘려보내는 것이다. 어차피 자는 사람이 말을 기억할 수 있을 리가 없는데도 말을 흘려보내는 건 정말 이상한 일이고 그걸 또 자고 있던 사람이 웬만큼 (물론 이상하게 변형된 방식으로) 기억해 내는 것도 이상한 일이다. 그건 뭐랄까 대화하려고 말을 거는 게 아니라 그냥 상대방이 좋아서 상대방이 무방비 상태로 자고 있는 걸 보다가 좋아서 말을 거는 것으로 어차피 되받을 생각이 없는 말이고. 그래서 별다른 용건이 없는 말일 수밖에 없다.

난 그런 말이 좋고, 그런 말을 할 수 있는 사이가 좋다.

꿈의 인물들은 실제 목소리라는 걸 가지고 있지 않아서

목소리 대신 특정 장면에 선택적으로 등장함으로써 말을
전달하는 경우가 많은 것 같다. 아니면 특정한 분위기를
조성함으로써 나에게 하고 싶은 말을 단번에 전달해
버리거나. 그러니 만약 누군가가 나에게 말을 건 적이
없는데도 내가 그 사람이 평생에 걸쳐 말하고 싶은 게
무엇인지 이미 알고 있는 경우가 있다면 그건 꿈이다.

그러니까 말은 꼭 들리거나 내뱉어야 하는 것만은 아닌
것이다. 핵심은 전달에 있는 게 아닐까. 말을 건다, 는 행위가
꼭 소리를 수반해야 할 필요가 없고 꿈에서처럼 아주 아주
시각적이거나 감정적인 무엇일 수도 있는 것이다. 말 음악은
그저 말 걸기의 연속이면 된다. 물론 꿈에서와 같이 말의
오고 감의 연속이 압축되면 더 이상의 말, 더 이상의 눈짓, 더
이상의 머무르기는 필요 없어지고. 모든 게 끝나겠지.

그러나 현실에서 말은 한 번 해서 되는 성질의 것이
아니다. 말이 음악이나 노래가 될 수밖에 없는 이유는 계속
불러야만 전해지는 무엇이기 때문인데, 그것이 꼭 시대나
국가를 초월하여 전해져야만 하는 거창한 내용이나 형식을
갖출 필요가 없다는 게 내 생각이다. 그저 평소에는 공을
주고받듯 말을 주고받고 여전히 그 사람이 거기 있음을
확인하면 됐다, 는 마음으로 전화를 끊거나 눈인사를 하며
헤어진다. 확실히 그럴 때 주고받는 말이라는 건 공과 같아서

특별할 것이 없이 둥글고 가볍고 휴대 가능하다. 주고받은 건지 아닌지 티도 나지 않을지도. 그러나 그건 그런 이유로 여러 번 주고받을 수 있는 성질의 것이다. 평평한 감정을 가지고서야 되돌려 받거나 되돌려 줄 수 있는 종류의 것이고, 그런 종류의 말을 주고받고 나면 치솟던 감정도 평평해지는 것 같다.

좋아요, 말하면 나도 좋아요, 말하거나 그렇게 할까요, 말하면 나도 그렇게 할까요, 하고 따라 말하는 게 결코 그 사람의 말을 안 듣고 있다는 뜻은 아니니까. 따라 해, 따라 하면서 역시 그렇다고, 이 사람은 이렇게 살고 있고 나는 그걸 알고 있다고 되뇐다. 아주 오랜 시간에 걸쳐 반복될 것만 같은 둥근 말 걸기가 하나의 의식처럼 자리 잡은 관계에서, 나는 친밀함과 서글픔을 느끼고 또 감사한다.

2부

연재 이후

모습은 보이지 않고[1]

이 글의 또 다른 제목은 시력이다. 나는 오래전부터
시력이 글 쓰는 사람에게 미치는 영향이 무엇인지를
궁금해했고, '저시력자가 쓰는 글은 따로 존재한다'고
생각해 왔다.(페르난두 페소아는 심한 근시였다.) 어릴 적부터
심한 근시였던 나는 시력 교정술을 받고도 여전히 눈이
좋지 않아서 영화를 보거나, 전시를 관람할 땐 꼭 안경을
써야 한다. 웬만한 큰 글씨도 가까이 있지 않으면 읽을 수
없고, 얼굴을 보고서가 아니라 걸음걸이나 실루엣을 보고서
사람을 구별한다. 그럼에도 평소에는 이러저러한 이유로
안경을 쓰지 않는데 이런 잘 보이지 않는 상태가 정신에

[1] 시 「에버랜드 일기」에서 가져왔다.

미치는 영향이 상당하다고 생각한다.

어쨌든 두 가지 상태, 그러니까 '안경의 도움을 받아 비교적 명확하게 세상을 보는 상태'와 '아주 아주 대충 보는 상태'를 오가는 게 나쁘지 않고, 오히려 좋은 점도 있다. 난 이렇게도 저렇게도 볼 수 있는 것이고, 원하는 때에 원하는 방식으로 볼 선택권도 있는 것이니까. 그러나 분명히, 잘 보(이)지 않는 사람은 어떤 의미에서든 꽤 예민해질 수밖에 없는 게 아닐까.

얼마 전, 아는 이와 밤거리를 걷다가 아스팔트에 떨어져 있는 매미 허물인가 매미 시체를 발견했는데, 주변이 아주 어두워서 웬만하면 잘 보이지 않을 법한 상황이었고, 그걸 열심히 이야기를 하다 말고 발견한 내가 신기했다. 곁에 있던 이는 눈이 아주 좋아서 웬만큼 멀리 떨어진 건 잘 읽고 보는데도 이상하게 이런 건 알아채지 못해서, 나는 말하길, 너는 늘 너무 잘 보(이)고 있어서 오히려 긴장도가 떨어지는 것이다. 잘 보(이)지 않는 사람에겐 모든 게 불투명하고 희미하다. 그래서 항상 긴장하고 있다. 무언가가 달라졌다는 낌새를 잘 알아차린다. 살아남기 위한 전략이랄까. 나는 이게 어느 정도 맞는 말이라고, 이후에도 생각했다.

그 친구에겐 세상이 좀 더 납작하게, 그러니까 선명하게

보이고. 안경을 쓰지 않은 나에게는 세상이 조금 더
둥그렇게, 돔 형태로 보이는 게 아닐지. 시력이 나쁜 이의
시야가 좁다는 말은 아니다. 시력이 좋지 못한 사람이 동일한
시각적 자극을 보다 자기중심적인 방식으로 받아들인다는
뜻이다. 잘 보(이)는 사람은 시각적 자극을 평평하게,
그러니까 균일한 정도로 받아들이지만. 잘 보(이)지 않는
사람은 시각적 자극을 매순간 다르게 받아들이고, 동일한
대상에 대해서도 매번 다른 시각적 중요성이나 느낌을
부여한다. 보다 예민하게 받아들이고, 쉽게 놀라는 경향이
있다. 적어도 나는 그렇다.

　이런 걸 설명하는 게 왜 이렇게까지 중요한지는 잘
모르겠지만. 나와 그 친구 둘 다 글을 쓰는 사람이고. 그러나
친구에게 먼저 다가가는 강아지는 많아도 나에게 먼저
다가오는 강아지는 없다는 사실이 뭔가 또 다른 설명이
될까? 잘 모르겠다.

　세 번째 시집 『별세계』에서 같은 곳을 훑고 또 훑는
듯한 시를 많이 쓴 것도 근시의 영향이 없지 않은 것 같다.
이렇게 보고, 저렇게 보고, 그래서 이렇게도 저렇게도
보여서 하나같지 않은 무수히 많은 것. 하나지만 무수히
많은 단어, 단어들. 그것들을 세우고 세워서 내가 꼭 맞다고

생각하는 형태로 두기. 고정은 시켜 두었지만 보는 사람에 따라 얼마든지 다시 한번 단어를 빼내서 어디 다른 곳에 두어도 그건 그대로 완벽하고 좋게끔. 그렇게 쓰고 싶다. 언제든 무한히 단어를 들어내고, 집어넣고, 다시, 그리고 다시, 들어내고 옮길 수 있을 것만 같은 느낌 ─ 젠가를 하는 장면이 떠오른다 ─ , 이런 느낌도 어쩌면 내가 심한 근시인 것과 연관성이 없지 않을지도.

　　나에게 본다는 건 항상 '잘 보지 못한다'와 동의어다. 보고 또 보아도 같지가 않고, 제대로 본 적이 없으니까, 확신할 수 없고, 그러니 다시 보아야 한다. 그러나 보고 싶은 걸 언제나 다시 볼 수 있는 것도 아니고, 보고 싶은 걸 언제나 다시 볼 수 있다고 해서 나의 **보기**가 더 명확해지는 것도 아닌걸. 나는 그래서 언제나 조금 거북목이고, 엉거주춤하고, 망설이는 태도로 앉아 있는 것 같다. 확신할 수가 없다. 내가 본 괴상한 차림의 사람이 진짜인가? 믿을 수가 없다. 이런 마음가짐이 습관이 되어서 안경을 썼을 때도, 안경을 쓰고 보는 게 어쩌면 환상일지도 모른다고 생각하게 된다. 안경을 쓰고 보는 것도, 그냥 다른 종류의 보기를 하는 것뿐이다. 그러니까 보다 선명하게 보인다고 해서 그쪽이 더 진짜라고 믿기가 어렵다.

페르난두 페소아가 이명(異名)을 여러 개 만들어서
활동했던 것도 심한 근시였던 것과 관계가 있지 않을까.
그런 상상을 하게 된다. 하지 않을 수가 없다. 이것도 나이고,
저것도 나다. 특별한 이유가 있던 게 아니라, 이렇게 보는
나와 저렇게 보는 나가 매번 다르게 느껴져서 여러 이름을
쓰지 않을 수 없었던 게 아닐지.

　언젠가 눈이 완전히 멀어 버릴지도 모른다는 상상을
종종 하는데, 그럴 때면 보르헤스 생각이 난다. 만약 눈이
먼 상태에서도 시를 쓰고 싶다고 느끼면, 그땐 어떻게 해야
할까? 나는 시가 무척이나 시각적인 장르라고 생각하고,
보(이)지 않으면 작업이 무척 달라지리라고 생각하지만.
그래도 계속하고 싶다면, 손가락으로 읽고 쓰는 감각을
훈련할 수 있겠다. 다만 손으로 단어를 만져서 만든 시나
스케치, 산문은 분명 조각에 조금 더 가까워질 것 같고. 그건
그것대로 즐거울 것이다. 다를 것이다.
　음. 눈이 멀면 분명히 내 모습을 이전처럼 가꾸기는
어려울 것이다. 내 모습을 이전처럼 가꾼다는 건, 이전의
모습을 명확히 보여 주는 거울을 참고한다는 뜻이니까.
거울을 보고 거울이 보여 주는 대로의 모습을 기준으로
삼아서 무언가를 더하거나 뺀다는 뜻이니까. 그러나 시

만들기는 거울을 보고 외양을 단장하기가 아니다. 시는
거울을 필요로 하지 않는다. 그것만은 분명하다. 그저 시를
보고 또 보거나, 만지고 또 만지면 된다. 따라가기. 보이는
대로 보고, 만져지는 대로 만지면, 그게 전부 기준이고. 그걸
비추어서 하나로 고정시킬 거울이라는 건 존재하지 않는다.

　이런 점에서, 시라는 장르는 보이지 않기 위한 것, 읽히지
않기 위한 것이다. 거기에 무언가를 비추어 반성하거나
반영하기 위함이 아니고, 그저 거기에 있는 것으로서의 시.
그런 시가, 그런 시와 같은 이상한 존재가 눈이 좋지 않은
나를 매혹해 왔다.

발톱[1]

소설가 겸 비평가 미셸 뷔토르가 1964년에 발표한 에세이 〈오브제로서의 책〉에서 표현한 것처럼, 줄거리가 있는 이야기나 주장이 있는 논의에서 목록이 나타나면 수평적으로 흐르던 텍스트에 갑자기, 거의 폭력적으로 수직성이 들어온다. (……) 윌리엄 개스가 떠올려주듯, 목록은 사치와 낭비와 타락을 보여주는 탁월한 방법이다.

　　　　　　　　　　　　　　　　　　—「목록에 관하여」[2]

이 인용구에서 '목록'을 '스케치'나 '묘사'로 바꾼다면,

1 시 「해는 머리에서 머리까지」에서 가져왔다.
2 브라이언 딜런, 김정아 옮김, 『에세이즘』(카라칼, 2023), 37쪽.

나의 오래된 글 취향(혹은 끌림)을 어느 정도 설명할 수 있겠다는 생각이 든다. 걸어가다 말고, 말을 하다 말고, 사물들을 물끄러미 바라보는 것. **그것**에 걸려 넘어지는 것. 멈춰서는 것. 최대한 빠르게 핵심을 파악하는 일이 목표인 경우라면, 멈춤은 비생산적이다. 그러나 목표가 비생산성에 있다면, 어느 순간에 이르러서는 더는 알고 싶지도 않고 알려주고 싶지도 않다면, 베일에 싸인 상태로 머물고 싶다면, 나는 세부를 응시하면서 시간을 끈다.

무언가를 묘사한다는 것은 '앞으로 나아가기'를 잠정적으로 거부한 채 현 상태를 유지하는 일이다. 텍스트에 "수직성"을 들이는 일이다. 중요하지 않은 것, 사소한 것에 초점을 맞추고 더 이상 앞으로 나가지 않음으로써 사회적이기를, 효과적이기를 거부하는 일이다. 이것 봐, 나비야. 그리고 나비에 머무는 것. 최대한 오래. 날아가 버린 지 오래라고 해도. 나는 나비가 여전히 거기 있다는 듯이 머무르고, 쓴다. 모든 건 선택이다. 머무는 동안은 나아갈 수 없다. 머무르지 않고 앞으로 나아갔다면 마주했을 다른 시간과 다른 현실을 포기해야만 "수직성"의 시간에 머무를 수 있다.

그러니까 어떤 단어의 집합이 이야기나 주장으로 읽힌다면, 그것은 일반적인 텍스트에 가깝다. 그러나 어떤 단어의 집합이 목록이 아님에도 목록으로 읽힌다면,

스케치와 묘사와 인용이 목록으로 보인다면, 그것은 단어로 구성된 벽-오브제가 된다. "사치와 낭비와 타락"을 즐기며 종이 위의 한 지점에서 하염없이 시간을 보내게 만드는. "수평적으로 흐르던 텍스트에 갑자기" 날아드어 세계를 수직으로 잘라 내고야 마는.

누군가의 이야기나 주장 속에서는 지나가는 단어에 불과하였을 '책상'이, '돌'이, '너'가 오브제로 보이기 시작하는 순간, 그것들이 전체를 이루는 요소로서가 아니라 전체를 파괴할 균열로서 보이기 시작하는 순간, 텍스트에는 벽이 생기는 것이다. 주변 단어들이 가진 역할과 맥락과 기세를 고유의 중력을 발휘해 비트는 "수직성"으로서의 벽이.

비생산성으로 가는 길

나는 나를 멈춰 세우는 모든 종류의 글이, 각기 다른 방식으로 길게 늘어진 목록이라고 느낀다. 스케치는 길게 늘어진 목록이다. 묘사도, 인용도 마찬가지다. 머무르기이며, 머뭇거리기이다. 수평적으로 흐르기는 하지만 텍스트가 전달하고자 하던 이야기나 주장과는 천천히 멀어진다. 간격을 넓히다가 정지한다.

그러니 시간을 들여 집필 방식을 선택할 것이 아니라 저절로 찾아지리라 믿으며, 그렇지 않더라도 그리 중요하지 않다고 믿으며, 첫 번째 기억부터 **스케치**하겠다. 제일 먼저 떠오르는 기억은 검은 바탕 위의 붉은 꽃과 자주색 꽃이다. 어머니의 드레스였다. 어머니는 기차나 마차에 앉아 있고, 나는 어머니 무릎에 앉아 있다. 그래서 어머니 드레스의 꽃들이 바로 코에 닿을 정도였다.

—『지난날의 스케치』[3]

"어머니의 드레스"는 글이 앞으로 나아가는 걸 막는 아름다운 벽이다. 나는 버지니아 울프가 회고록의 서두를 "드레스"에 대한 기억으로 치장하고, 에워싸고, 가로막는 것을 보며 독자로서 충만한 기쁨을 느낀다. 그는 벽을 세우는 일이, 때로는 핵심적인 기억에 단숨에 도달하는 방법이 될 수 있다는 사실을 매우 잘 알고 있었던 것이 분명하다. 비생산성을 목표로 삼는 것, 베일에 싸인 상태로 머무는 것, 세부를 응시하면서 시간을 끄는 것이 "어머니"라는 존재를 가장 선명하게 그려 낼 수 있는 최선의 방법이라 생각한 것이다. 따라서 그는 "검은 바탕 위의 붉은 꽃과 자주색 꽃",

3 버지니아 울프, 이미애 옮김, 『지난날의 스케치』(민음사, 2019), 7쪽. 강조는
   인용자.

"기차나 마차", "어머니 무릎"을 지나치지 않는다. 그것들을 읽는 이의 "코에 닿을 정도"로 들이민다. 어머니와 함께 기차나 마차를 탄 기억이, 드레스가, 영원이, 서서히 멈춰 서도록.

그는 내게 중단이 이 세계가 가진 연속성의 또 다른 이름이라는 사실을 누구보다 잘 보여 주는 작가다. 중단의 무한한 아름다움을 놓치지 않는다. 펼쳐서 보여 준다. 그의 열정과 애정이 아니었다면 주목 받지 못했을 세부가, 세부에 멈춰 서는 행위가, 정지가, 쉼 없이 이어진다. 정지한 채로 시간은 풍부해진다. 『파도』의 인물들 또한 바로 이러한 **지속적인 중단**의 풍경 속에서, 같은 자리에서 나이 들어간다.

나는 정지한 "파도"를, 정지한 채로 풍부해지는 시간의 모순적인 면모를 선물로써 받아들인다.

글쓰기의 일

그러니까 스케치, 묘사, 목록, 인용…… 어떤 글이든 간에 나를 멈춰 세우는 그것은 시간에 박히는 발톱이다. 날카로운 발톱. 시간을 멈추게 만든 뒤, 시간을 전혀 다르게 기억하고 경험하게 만드는 것. 결코 잊어버릴 수 없는 어머니의 드레스 색 같은 것. 시선을 앗아가는 것. 돌아보게 하고, 걸려 넘어지게 만드는 것. 아무것도 아니라는 듯이 지나치기엔, 잊어버리기엔, 너무나도 아름다운 것. 미운 것. 결국 오랜 시간을 머물게 하고, 머무는 동안에도 시간이 흐르고 있다는 사실, 우리는 예외 없이 죽음 가까이 다가서고 있다는 사실을 잊어버리게 만드는 것. 그것은 쏜살같이 지나가 버리는 모든 것에 반항하는 생생한 얼굴이고, 솜털이다. 땀, 도마뱀 시체, 젖은 머리칼. 사랑이다.

> 마침, 빛은 흐르지 않고
> 빛은 날아와 박히고
> 발톱을 빼낸 뒤
>
> 맹금처럼 날아간다
>
> 정신은 놓을 수 있고 정신은 갈 수 있다 날아갈 수 있다
> ──「해는 머리에서 머리까지」부분[4]

결국 나는 내가 얼마만큼 참을 수 있는지를 알고 싶었던 건 아닐까? 이제 나는 나의 글쓰기에 대한 생각으로

───

4 김유림, 『양방향』(민음사, 2019).

옮겨간다. 가장 최근에 작성한 메모에서 나는 정지와 변화, 머무름과 나아감에 대해 말하고 있다. "제목: 시의 정신 산문의 정신. 시의 정신은 지금에 머무는 것이다. 지금의 나, 나의 지금을 견디기 어려워지면 사람의 정신은 산문적이게 된다. 내가 나를 괴롭게 하지만 않는다면, 혹은 내가 나를 괴롭게 여기지만 않는다면 시의 정신은 유지될 수 있다. 그러나 지금을 버티기 어렵다면? 사람은 변화한다. 변화를 막을 수는 없다. 시간을 겪는 게 사람의 일이니까. 그러나 버틴다면, 버티는 만큼 그것(이 무엇이 되었든 그것)은 시의 정신을 가지게 된다. 지금에서 물러나면, 지금에 머무르는 시의 정신에서 물러나면, 그때서부터 글은 시간은 앞으로 나아가기 시작한다, 흐르기 시작한다."

확실히 나는 앞으로 나아가고자 하는 열망, 사사로운 것에서 물러나서 전체를 파악하고 전달하고 설득하고자 하는 열망, 효율적인 방식으로 이해하고 이해받는 일이 주는 희열에의 열망을 나 자신이 얼마만큼 참을 수 있는지 실험해 보고 싶었던 것 같다. 그런 생각을 한 구석에 품은 채 글을 썼다. 특정한 기대에 부합하는 결론을 제시하고 싶은 욕망을 최대한 자제하면서. 걸어가다 말고, 말을 하다 말고, 사물들을 물끄러미 보았다. 서성였다. 일상을 일상으로서 흘려보낼 수 없게 만드는 강력한 "수직성"의 침입을

허용하는 일이, 어머니의 드레스에 걸려 넘어져 느려진
세계를 글로 쓰는 일이 전혀 유용하지 않으며, 꿈을 꾸는
일이나 마찬가지라고 하여도.

말[1]

― 말하기는 말하는 사람에게 모순을 일으키지 않는다

내가 말하기를 글쓰기로 가져 오려고 하는 건, 말하기가 임시적인 행위이기 때문이다. 말이라는 건, 기록되기 위한 것이 아니다. 그래서 일회적이고 무연속적이다. 연속하기 위해, 그러니까 연결되기 위해 내뱉는 말은 말의 본성과는 거리가 멀다.(연결에의 지향은 글쓰기와 가까운 속성이다.) 오히려 말은 끊어 내기 위해서, 끼어들기 위해서, 썩 말이 되지는 않지만 일단 말을 시작하면 말은 말이 되니까. 말을 하는 것이다. 저걸 보라고, 저 건물을, 개를, 우스운 사람을 보라고.

말은 기억되기 위해서 존재하는 게 아니다. 잊히기 위해서. 그러니까 오로지 말이 오갔다는 사실, 말이

---

[1] 시 「103호 몽테뉴브릭」에서 가져왔다.

튀어나왔다는 사실만을 흐릿하게 남기기 위해서 존재한다. 말에는 여러 개의 입구가 있어서 분명 똑같은 말을 들으면서도, 누구는 이렇게 생각하고 누구는 저렇게 생각한다. 그래서 오해나 싸움이 생기고, 소문이, 이야기가 발생한다. 나는 말의 이런 면모가 뒤편에 실은 글 「아득한 사람? 얼굴?」에 등장하는 빛깔을 단 하나로 정의할 수 없는 "딱정벌레"와도 같다고 생각한다. 정답이 없기에 언제나 새롭게 읽히는 풍경처럼 기억처럼 존재하는 것.

언제나 새롭게 기억되고 (재)배열되는 말의 속성. 무연속성, 우언성…… 이것은 **기화 가능성**이다. 이러한 속성을 가지고 싶어 하는 문자(文子)의 욕망이 말하기를 닮은 글쓰기를 부추긴다. 그러니까, 이렇게 말이야, 글이 이어지는 도중에 갑자기 "큰따옴표가 등장한다면, 큰따옴표로 인해서 문자가 말의 성격을 얻게 된다면, 그것은 분명 기록된 것임에도 불구하고 약간은 불분명해지지 않아? 한 겹의 혹은 몇 겹의 주관성을 망토 삼은 이것은 조금은 투명하지 않아? 그러니까 이건 흔들리고 있는 문자라고 말하는 것 같지 않아?" 나는 그렇다고, 그렇기 때문에 글이 읽히고 기억되는 방식이 단 하나가 아니라는 걸 말하고 싶은 사람이라면, 결국에는 어떤 방식으로든 말하듯이 글을 쓰게 되는 것이라고 생각한다.

말하듯이 글쓰기. 그런 글을 쓰는 작가들의 예시로 나는 버지니아 울프를, 마르그리트 뒤라스를, 박솔뫼를, 이상우를, 나일선을 떠올린다. 최근 출퇴근길에 나일선의 『우린 집에 돌아갈 수 없어』를 읽었는데 정말로 문장들이 "집에 돌아갈 수 없"는 것만 같았다. 문장은 시작한다. 시작하고, 자기 자신이 가야 할 길을 따라가기도 하고 가야 할 길이 없다면 만들어 내기도 하지만, 그러나 그 자신이 시작했던 지점으로는 절대로 돌아가지 않고 있었다. 그런 게 바로 나일선이 하고 싶은 것 중의 하나일 거라고. 한 문장 한 문장이 집으로 돌아가지 못하기를. 그러니까 한국어이기 때문에, 한국어에서 시작했기 때문에 분명 읽힐 수밖에 없는 문장이지만, 금세 어딘가로 가 버려서 영영 돌아오지 못하는 문장을, 한국어지만 한국어에만 갇혀 있지 않은 그런 문장의 길을 따라가고 싶었을 거라고 막연히 생각했다. 그래서 이렇게, 분명히 존재하지만 존재하지 않는 것과 같은 문장이, 스스로를, 스스로가 만들어 내는 논리를 지워 내고 있는 걸 거야, 나는 문장을 읽고 또 읽으며 그러나 분명히 앞으로 나아가며 생각했다.

『프리즘』과 『두 사람이 걸어가』를 읽었을 때는 이상우라는 작가가 문장에서 단어들이 돌아다니게 하고 싫어 한다고 느꼈는데. (이러한 작업이 멋지기도 하지만 윤리적이기도 하고.[2] 이 두 가지가 동시에 느껴지는 독서의 순간이 아주 드물다고 생각하기에 무척이나 행복하다고 느꼈던 것 같다.) 이 또한 말하기로서의 글쓰기라고 생각했다.

링은 침대에 누워 낮에 본 풍경들이 눈 감아도 쏟아지는
물소리에 실려 여관 플라스틱 차양 두들기며 천장에서 벽까지
배수관 타고 터질 듯 터지지 않고서 한 손으로 눈을 가리고
있는 링에게로 향초 연기와 담배 냄새 섞여 링은 이어폰
끼고서 농구공을 든 학생들을 공원 농구 코트에서 편의점
도시락 먹으며 구경했던 바람 속 빗방울 같은 웃음 다발
농구공이 골대를 비켜 나갈 때마다 나부끼는 야자수 이파리의
속살거림에 수풀 안에 누가 있지는 않은지 눈에 보이면서도
보이지 않는 장소에 숨어 애무하거나 자위하거나 아무 초점
없이 수풀 사이로 발가벗겨진 채 찢겨버린 하늘을 바라보고
있지는 않은지 눈에 보이지 않으면서도 보이는 장소를 확인해
보듯 잠에 들어 꿈 대신 소리가 들려왔지[3]

2 이 점에 대해서는 리뷰 「버스에 타 있는 모두가 버스를 잊은 버스
   안에서」(《악스트》 52호)에서 추가로 다루었다.

3 홍승택이 쓴 이상우론 「이상우」(《문장웹진 2020년 11월호》)에 인용된 부분을
   재인용했다.

나는 내가 좋아하는 사람에게 오늘 있었던 일을 말할 때가 이와 같다고 상상한다. 무엇을 했고, 무엇을 보았고, 무엇을 먹었는지 생각나는 대로 떠들 때, 그러다가 자리에서 일어나 에어컨을 켜거나 선풍기를 켜고 돌아오고, 다시 말을 시작하고, 또. 말은 완수되지 않아도 된다. 그러니까 거기, 향초 연기, 라는 단어에서 문득 입을 다물고. 상대방을 뚫어지게 쳐다보아도 된다고. 그리고 갑자기 잠에 들거나 노래를 흥얼거려도 된다고. 그런 식으로 우리의 지금이 이루어져 있고, 그런 지금을 문자가 가지고 싶어 한다고 상상하게 된다. 매번 새롭게, 매번 다르게, 분명하지만 분명하지 않은 방식으로 이어지도록, 순간이, 그러니까 지금이 이어지는 데에 단 한 가지가 아니라 수천수만 가지의 방식이 있다고 『두 사람이 걸어가』는 말한다. 단어와 단어가 바로 다음이 아니라 아주 먼 다음으로 넘어가도 된다고. 우리는 그런 방식으로 말을 하고, 말을 작동시키고, 말을 기억하고는 한다고.

자기 자신을 지우는 말. 대부분을 지우고, 한두 마디를 남기는 말로서의 글. 친구들과 왁자지껄하게 떠들고 나서 집에 돌아온 뒤엔 대체 무슨 말을 그렇게 신나게 했는지 기억나지가 않는데. 이상우의 글이 꼭 그렇다. 읽었지만, 그리고 읽으면서 분명하게 감응했지만, 뒤돌아보면 거기

지워진 것의 거대한 흰 무언가만 남아 있다. 그래서 이것이, 이것을 돌아보는 일이 영원히 계속될 것만 같은 감정에 사로잡힌다. 두 사람이 영원히 걸어갈 것만 같다. 그런데 그렇게 영원히 뒤돌아보는 행위야말로 이 세계의 어두움을 벗어날 한 방법이라는 확신이 드는 건 왜인지.

그리고 박솔뫼는 언제나 **이것**이 누구의 발화인지를 헷갈리게, 그러나 어느 순간엔 아주 명확하게 만들면서 하나가 여럿으로 읽힐 수 있는 여지를 남겨 둔다. 그래서 그의 모든 글이 여러 겹으로 읽히는 것일 거라고. 여기, **이것**의 뒤편에서 무언가가 계속해서 새롭게 새롭게 만들어지고 있다는 강한 희망이나 느낌 같은 걸 주는 걸 거라고. 오랫동안 생각해 왔다.

날 지나가, 지나가라고. 박솔뫼의 글은 말하는 것만 같다. 그냥 읽고 지나가 주세요. 별것 아니니까요. 이런 일이 있었고, 이런 걸 먹었고, 또 이런 걸 생각했고, 걸었지. 그런데 이런 게 있긴 있더라고요. 하지만 모르겠다, 별일이 아닐지도……. 나는 이렇게 자신을 지나가라고 말하는 글이 개방적이라고 느낀다. 펼쳐져 있다고 느낀다. 대화를 하자고 손짓을 하고 있다: 내가 말하는 건 내가 말하는 것일 뿐이야. 그러니까 나를, 나의 말을 지나가. 그리고 시작해. 너의 말을. 그러다 우연히 만나게 될지도 모르니까.

글을 아주 소박하고 작은 것으로 만들기. 돌려보내기.
이건 단 한 사람의 목소리일 뿐이고. 그러니까 아주
객관적이고, 아주 확고한 건 아니다. 그냥 말하는 것뿐이야.
그런데 글이 그렇게 할 때, 그러니까 자신을 아주 작고
희미하고, 별것 아닌, 곧 지워지게 될 무엇으로서 제시하기
위해 노력할 때. 거기에는 여러 겹의 목소리가, 여러 겹의
시공간이 겹쳐질 수 있는 충분하고 이상한 마법의 공간이
생겨나는 것 같다. 그게 박솔뫼의 글이 자꾸만 다른 글을,
다른 순간을, 다른 감정을 불러들이는 이유가 아닐까?

*

말은 무엇이고, 무엇이 될 수 있을까? 말을 멀리 퍼뜨리기
위해서 생겨난 문자라는 것은 무엇이 되려는 것일까? 어느
날엔 이 모든 게 사라지기 위한 노력이라고 생각될 때가
있고, 그런 생각이 싫지가 않다.

*

하여간 말을, 언제나 누구에게나 다르게 기억되고, 또
그런 자신의 대부분을 지우고 마는 말의 속성을 난 좋아한다.

그런 걸 좋아하는 사람들이 있다는 걸 알고 있다. 그리운 얼굴이나 목소리와 같이. 보아도 보아도 들어도 들어도 새롭고 다르고 또 금세 사라지고야 마는 것으로서의 말과 글. 그건 붙들려서 해석되기 위한 것, 단 하나의 정답으로서 세워지기 위한 것이 아니다. 그건 너의 말이나 나의 말처럼 언제나 말이 되지 않고 분류가 되지 않아서 어렵고 새로운 무엇이다.

기도[1]

— 데이비드 린치, 홍상수, 시몬 베유

말이 타인이 거기 바깥에 존재한다는 걸 확인하기 위한 것이라면, 기도는 나 자신이 거기 바깥에, 혹은 바깥이 아니더라도 어딘가에는 존재한다는 걸 확인하기 위한 행위인 것 같다.

3년 전쯤 개인적으로 무척 힘든 시기를 보냈는데, 그때에는 매일 매순간 속으로 기도를 했다. 길을 걷다가도, 밥을 먹다가도, 햇볕을 쬐다가도, 양치를 하다가도, 자다 깨서도, 누워 있다가도……. 특정한 사람이나 시간을 그리워하거나, 미워하다가도. 뭐라고 기도를 했냐면, 지금 기억할 수 있는 건 이 정도다. '제가 기도의 내용을

---

[1] 시 「재활용」에서 가져왔다.

정하지 않게 해 주세요, 주어지는 대로 기도할 수 있게 해
주세요.'라거나 '지금 제가 기도하고 있다는 걸 의식할
수 있게 해 주세요.'라거나, '지금 기도를 할 수 있게 해
주세요.'와 같은 것. 그게 기도 내용의 거의 전부였다.

　곰곰이 생각해 보면, 나에게 기도는 적극적인 동시에
수동적인 행위로, 그 행위를 하는 게 나이기는 하지만 행위의
여부나 내용을 정하는 건 내가 아니었다. 나 아닌 내가
강제하는 행위였다. 그런 이유로 나의 의지와는 무관하게
무한히 이어질 수 있는 행위. 그런 것이어야만 했다.…….

　행위의 이유나 원천을 내 안에서 찾지 않는 것.

　나는 내가 지겨워서. 내가 나를 이용해서 다른 모든
것을 인식하고, 의미를 부여하고, 다가서는 게 무의미하게
느껴졌다. 그러니까 나 아닌 모든 것이 그들 쪽에서 먼저
나에게 다가오고, 나를 알아보고, 나를 고정점으로 삼도록 해.
그리고 멀어지도록 해. 스쳐 지나가도록 해. 심지어 말조차도.
나의 말이 나의 것이라고들 하지만, 실은 전혀 내 것이 아닌
것처럼. 다른 사람에게 주기 위한 것인 것처럼. 결국엔 다른
사람에게 들려주고, 들려준 뒤엔 버려지기 위한 것인 것처럼.

　뭐랄까, 기도에는 그런 게 있었다. 내가 가지고 있는 것이
이 실체 없는 빎이랄까, 간청밖에 없다는 사실. 그 사실을
의식하고 있는 상태가 너무 가볍고 좋아서 줄곧 거기, 그

상태에 머무르고 싶었다. 자급자족은커녕…… 거의 모든 것을 나 아닌 바깥으로부터 수급해야 하는 존재로서의 나. 내면의 목소리 ─ 이 기도의 목소리는 소리조차 아니어서 소리라면 필요로 할 매질조차 요구하지 않는다, 이를테면 공기라든가 ─ 가 전부인 것으로서의 나. 그렇게 스스로를 납작하고 가늘게 만드는 일이 오히려 나를 선명하게 한다. 두꺼운 선보다 가느다란 선이 더욱 확실한 선으로 느껴지는 것처럼.

이렇게 기도를 바깥에서 오는 것이라고 여기면, 내가 어떻게 할 수 없는 존재로서의 나, 이중, 삼중으로 존재하는 나, 단일하지 않은 나, 모호한 나를 상상할 수 있게 되고, 그게 좋은 것인지 좋지 않은 것인지, 아니면 별 의미가 없는 것인지는 잘 모르겠지만, 어쨌든 나를 덜 괴롭히고 조금은 존중할 수 있게 된다. 왜냐하면 나는 나의 바깥에 있으니까. 나는 내가 아니니까. 너무 괴롭히지 않아도 괜찮다.

*

종교 의식으로서의 기도가 아닌 일상적인 습관으로서의 기도라는 건 혼잣말과 비슷해서 결국 별 것 아닌 내용을 가질 수밖에 없고, 나중에는 "무향실에서의 심장 박동 소리"[2]처럼 그저 살아 있다는 걸 의식하게 해 주는 내용 없는 소리에 가까워진다.

기도의 내용이 아니라 기도라는 행위 자체가 중요해진다.

그런 것조차 없다면. 일상을 기억하게 만드는 소리가 전부 크고 명확한 소리뿐이라면, 기도라는 소음이 존재하지 않는다면, 삶은 힘들어진다. 전부가 크고 명확한 소리로, 내용으로 남는 삶은 명료한 그 만큼이나 괴롭다.

따라서 기도라는 건, 어떤 의미에서는 스스로를 위해서, 삶을 위해서 만들어 내는 소음이고 형식이다. 이런저런 걸 다 지워도 남는 게 분명 있다는 걸, 그것이 아주 빈약한 무엇이지만 있기는 있다는 걸 스스로에게 반복해서 인식시키는 일이다. 그런 게 기도라면.

그런 게 기도라면…… 여기서 나는 엉뚱하게도 데이비드 린치의 유튜브 채널 「David Lynch Theater」을 떠올린다. 그의 유튜브 영상들이 모든 걸 다 지워도 남는 게 분명한 것 ─ 번호 추첨이나 날씨 말하기 ─ 을 콘텐츠로 삼고 있다고 느꼈기 때문일 것이다.(데이비드 린치는 단순한

2 존 케이지, 나현영 옮김, 『사일런스』(오픈하우스, 2014), 8쪽.

콘텐츠를 반복 전달하는 행위를 통해서 극적인 것, 영화적인 것을 아주 작은 노력만으로 성취하고 있는 것처럼 보였다……)

채널에는 한동안 "David Lynch's Weather Report"라는 제목을 단 짧은 '일기 예보를 빙자한 영상'이 매일 업로드되었다. 거기서 데이비드 린치는 매일 똑같은 검정 셔츠를 입고 매일 똑같은 방 안에서 자신이 사는 도시 LA의 날씨를 알려 준다. 화면 구도나 배경은 동일하다. 변하는 건, 카메라 구도 안에 잡힌 뒤편의 창문이 보여 주는 현실의 하늘뿐이다. 창문에 붙잡힌 하늘은 그가 전달하는 일기 예보의 내용을 실현하여 즉시 보여 준다. 마법처럼.

기도가 이런 것일 수도 있다. 동일한 형식의 반복 속에서 미세한 변화를 감지하는 것만이 우리가 일상에서 영위할 수 있는 유일한 스펙타클이라는 걸 깨닫게 만드는 것. 1분 남짓한 이 영상의 인트로와 아웃트로 대사는 매번 거의 비슷하고, 변화하는 유일한 요소로서 제시되고 있는 날씨라는 것도 실은 아주 평범한 정보여서 특별할 것이 없으며 ─ 시시하다 ─, 배경인 방의 내부도 특별한 지점이 없다. 내게는 이러한 설정이 의미부여 없이 반복해서 읊조리는 것으로서의 기도라는 형식처럼 느껴진다. 그러나 그의 뒤편에 위치한 창문은 반드시 영상의 기도를 이루어 준다……. 기도에 부응하듯 화창하거나 흐리고, 흔들리고.

이상한 감동을 준다……. 이 작은 실현. 실현이라고 말할
수도 없을 만큼 당연한.

감동이 어째서 이런 식으로 일어날 수 있을까? 이루어질
것이었던 것을 이루어지게 하기. 주어질 것을 주어지게
하고, 언제나 나였던 것을, 나였던 것으로서 다시금 보거나
느끼게 하는 방식으로. 이건 일상을 아주 간단한 조작을 통해
무향실로 만들고, 매일 뛰고 있는 심장의 소리를 특별한
소리로서 감각하게 하는 그런 종류의 사기이자 마법이고,
어쩌면 데이비드 린치라는 사람이 생각하는 지금의 영화일
것이다. 시금의 영화라는 것은 기도가 필요한 사람들을 위해
기도를 대신해 줄 수 있을 뿐이라고 말하는 것일지도.

이루어질 것이 이루어진 것임에도 불구하고 혹은
이루어질 것이 이루어지는 경우가 드물기 때문에 나는 묘한
감동과 위안을 느낀다. 댓글을 남긴 수많은 유저들도 그렇게
느끼는 것 같았다. 거기 있어야 할 것이, 그러니까 삶의
미묘한 변화가 주어진다. 기도하는 대로.

＊

내가 기억하는 또 다른 기도는 홍상수의 영화「당신 얼굴
앞에서」의 기도다. 주인공 상옥은 기도를 하는 사람이다.

그는 택시 안에서 기도를 한다. 그의 얼굴에는 아무런 변화가 없다. 변하지 않는 건, 변하지 않고 굳건하게 존재하는 건 기도를 하는 상옥의 얼굴이자 외면이고. 상옥의 외면을 보여 주고 있는 스크린이다. 그러나 기도를 하는 중이니까, 기도의 소리를 들을 수 있는 제3세계의 목격자인 관객의 내면은 변한다. 그게, 그 사실이 저 멀리 떠내려갈 수도 있는 관객의 의식을 붙잡아 이곳에 있게 한다.

속으로 하는 기도는 입과 성대, 볼 근육의 움직임과는 필연적 인과성을 맺지 않고, 그리하여 마치 기도의 순간이나 기도를 하는 사람과는 무관하다는 듯이, 스스로 살아 있는 것인 양 존재한다. 어떤 풍경이, 그러니까 영화에서 현재 보여 주고 있는 장면과는 또 다른 풍경이 흐르도록 만든다. 스크린의 앞뒤나, 저 멀리, 위에, 혹은 곁에. 두 겹, 세 겹, 여러 겹을 순간적으로 덧댄다. 기도는 존재하지 않지만 존재한다. 존재하지 않는 방식으로 존재한다.

그런 것이 자기 자신을 살아 있게 한다고 상옥이 생각하는지는 잘 모르겠지만, 적어도 상옥을 지켜보는 관객인 나는 그렇게 느낀다. 기도를 하는 사람은 잠시나마 자기 자신을 잠시 쉬게 하고 싶은 사람이라고. 자기 자신을 흐르는 시간으로부터, 흐르는 시간 속에서 사라질 예정인 모든 것으로부터, 건져 내어 세우려는 사람이라고. 그래서

기도하는 상옥의 옆얼굴이 모든 것과 잠시 분리되어
존재하는 은총을 받기라도 한 것처럼 또렷한 것이라고
생각했다.

영혼의 모든 자연적 움직임은 물질계의 중력 법칙과 유사한
법칙들에 의해 지배된다. 은총만이 예외이다.[3]

시몬 베유는 "집착에서 벗어나"야 한다고, "즉 더 이상
미래를 향하지 않"아야 한다고 말한다. 그는 일반적으로
우리가 삶이라 일컫는 삶으로부터 벗어나기 위한 정화의 한
방법으로서 "신에게 기도하기"를 제안하는데 이때 기도하는
사람은 "다른 사람들이 모르게 기도하고, 나아가 신이
존재하지 않는다고 생각하며 기도"[4]해야 한다. 왜일까? 그건
다른 어떤 것으로도, 그러니까 타인이나 신으로도 채워질 수
없는 **빈자리**를 '나'라는 존재 안에 만들기 위함이다.(친구에게
이 글을 보여 주었더니 이 지점에 이르러 갑자기 큰 소리로 웃었다.
왜 웃느냐고 물었더니, 여기서 시몬 베유가 등장할 줄은 몰랐다,
그는 정말 터무니없는 사람이다, 라고만 답했다…… 상옥과 베유.

---

3 시몬 베유, 윤진 옮김, 『중력과 은총』(문학과지성사, 2021), 7쪽.
4 같은 책, 32쪽.

나. 고통의 트라이앵글.)

어쨌거나…… 빈자리를 빈자리로 남겨 두기. **나**가 **나**로
가득 차지 않도록 내 안에 늘 빈자리를 만들기. 시몬 베유의
기도하기는 절대적으로 텅 빈 무언가를 향해 기도하기이고,
그렇게 절대적으로 텅 빈 무언가를 향해 기도함으로써
나라는 존재를 고정적이지 않은 존재로 만들려는 시도이다.
그렇게 보인다. 만약 누군가가 기도를 통해 빈자리를
빈자리로 남겨 두는 데 성공한다면, 그는 항상적으로 "우연히
발생하는 질서를 수용하"고 "다른 모든 질서를 배제하는
특정한 질서를 거부"[5]할 수 있게 된다. 빈자리만큼 열려 있게
된다. 이것이 인간이 누릴 수 있는 은총이라고 시몬 베유는
생각한 것 아닐까?

그러나 우리가 늘 이 상태를 지속할 수는 없을 것이다.
그래서 그것은 은총의 형태로만 나타나는 것이다…….
은총이라는 단어로만 설명할 수 있는 것이고.

*

어쨌거나 나라는 존재를 선명하게 느끼기 위해 하는

---

5 두 번째 시집 『새 개 이상의 모형』(문학과지성사, 2020)에 실린 강보원의 해설
「하나는 여럿 둘은 셋」에서 인용.

것이 기도라면, 그렇다면, 누구나 아주 좋아하는 사람의
얼굴 앞에서는 기도 비슷한 걸 하는지도 모른다. 기도한다.
자신도 모르게. 좋아하는 사람의 얼굴이 너무나 거대해서
나라는 존재가 거의 느껴지지 않기 때문에. 이런저런 걸 다
지워 내도 남는 게 분명히 있을 거라고 기꺼이 생각하고, 또
믿고 싶겠지. 보아도 보아도 기억할 수 없는 얼굴을, 아무리
들여다보아도 윤곽만 뚜렷하고 내용은 없는 얼굴을 가만히
들여다보는 일이 기도라면, 기도는 언제나 비슷하면서
비슷하지 않고, 존재하지 않으면서 존재한다. 흘러가지만 늘
거기 있다. 그래서 기도를 좋아했다. 내 마음대로 기도 같은
걸 하면서 산책하는 게 언제나 좋았다.

아득한 사람? 얼굴?[1]

내가 시「미래의 돌」에서 그리려고 했던 돌은 없는 돌이다.
보아도 보아도 달라지는 돌. 더 이상 읽어 낼 것이 없는 것만
같은데 계속 보게 되는 돌. 매번 모습을 바꾸는 것만 같은
돌. 이상하다 싶어서 돌아보면 거기 그대로 있는 돌. 그런
돌이다. 그건 마치 좋아하는 사람의 얼굴과도 같다.

좋아하는 사람의 얼굴은 떠올리려고 하면 할수록
멀어지고 희미해진다. 아는 얼굴인데 매번 다르다. 사진을
보거나 실물을 본다고 해서 아득함은 해결되지 않는다. 보고
있는 순간에도 끊임없이 잊히는 얼굴, 이라는 게 있는 거
같다. 보고 또 보아야 하는 얼굴 같은 거.

[1] 시「103호 몽테뉴브릭」에서 가져왔다.

평범해서 새로울 게 하나도 없지만, 분명한 윤곽을 지닌 채
늘 거기 있지만. 이상하게도 뒤돌아서면 사라지는 풍경, 얼굴,
글자. 글자들. 읽었는데 읽지 않은 것이나 다름없는 것. 그런
것이 시라고 나는 오랫동안 믿어 왔다.(여기서 나는 존 케이지가
말한 무연속성을 떠올린다. 무연속성은 연속성의 없음을 뜻하지
않는다. 그것은 특정한 연속성의 우위를 인정하지 않는 상태에
가깝다. 또 다른 연속성, 또 다른 얼굴, 또 다른 곡조와 풍경과 우연을
받아들일 수 있는 무결정의 상태에 머물기가 무연속성에 머물기와
같다, 고 나는 존 케이지의 글에 기대어 생각하고, 그런 게 내가
글쓰기를 통해 하고 싶은 거라고 생각한다. 그런 게 아니라면……
글쓰기라는 작업이 작가에게 무엇을 남겨 줄 수 있을까.)

　　그래서 나는 '그 사람, 대체 뭘 쓴 건지 모르겠어,'라거나
'읽었지만 읽지 않은 거나 다름없이 시시해,' '눈이 그냥
글자를 통과해 버렸어,'라거나 '글자가 눈을 그저 통과해
버렸어, 남은 게 없어,'라고 말하는 사람을 상상하면서,
욕심을 내고 싶은 순간마다 단어를 내려놓고 기다렸다. 시가
결정의 영역을 향해 움직이지 않기를, 미결정의 상태에
머무르기를 바랐다.

　　그러나 다른 한편으로는 시가 시를 쓰던 과거의 나로서는
볼 수도 알 수도 없었던 모습을 미래의 독자에게 분명히
보여 주기를 바랐다. 그건 씨앗을 심는 일과 비슷했다. 내가

보지 못할 미(도)래의 순간을 위해 무언가를 심고 떠나기. 가 버리기.

본능에 가까운 행위이기에 미약한 의지만으로도 행할 수 있는 최소한의 윤리적인 행위. 그것은 공백을, 미래라고 부를 만한 것을 위한 자리를 늘 남겨 두는 것이다. 내가 본 것을 내가 본 것으로 고정하지 않는 것이다. 그러니까 다음과 같이 말하는 것이야.

> "딱정벌레다," 수잔이 말했다. "까만색으로도, 초록색으로도 보이네. 나는 지극히 단순한 표현밖에 할 수가 없어. 그러나 너는 이 구속에서 벗어나지. 너는 슬쩍 빠져나가지. 다양한 문장으로 표현하면서 높이높이 올라가지."
>
> —『파도』[2]

나는 수잔의 말이 우연히 직면하게 된 "너"-타자의 세계에 보일 수 있는 가장 아름답고 진솔한 반응이라고 느낀다. 생각하면 생각할수록 가슴이 터질 거 같은데 실은 아무런 일도 벌어진 적이 없는 고요하고 평범한 풍경. 그와 같은 얼굴, 단어, 글, "딱정벌레"와 마주친 사람은 아주 간결한

---

2 버지니아 울프, 박희진 옮김, 『파도』(솔 출판사, 2019), 24쪽.

표현만을 할 수 있을 뿐이다. 어떠한 설명도 충분하지 않기 때문에. 딱정벌레를 딱정벌레로 남겨 두기 위해. "지극히 단순한 표현밖에 할 수가 없"다.

　단순한 표현에는 모순이 존재할 확률이 크다. 단순한 표현을 선택한 사람은 대상을 옭아매지 않기 위해 대상이 "까만색으로도, 초록색으로도 보"인다면 보이는 대로 충실히 말한다. 어떻게 들릴지를 고민하며 표현을 수정하지 않는다. 가감하지 않는다. 단순한 표현은 논리적 완결성이나 효율적인 소통을 위한 표현으로 존재하기를 거부하며, 제대로 된 사실로 인정받지 못한다.

　그러나 그것은 그것을 말한 사람에게는 모순도 거짓도 아니다. 잠시나마 완벽한 사실이다. 초록색이면서 초록색이 아니고, 까만색이면서 까만색이 아닌 얼굴. 초록색이면서도 까만색이기도 하고, 또, 금세 이곳으로부터 "빠져나가"고 "이 구속에서 벗어나"서 전혀 다른 것으로 변모하기도 하는 그러나 거짓이 아닌 "너"의 얼굴. 이러한 결정 불가능한 면모야말로 너의 전부일지도 모른다. 그리고 너의 전부를 대면한 이는 다른 누군가에게 이해받지 못한다고 하더라도 "단순한 표현"을 선택할 수밖에 없다. 전부를 말하지 않기 위해서. 말이 아닌 말, 말이 되지 않는 말만으로 대상을 부르기 위해서.

"딱정벌레다," 수잔이 "너"를 보고 처음 내뱉는 단어는 이름이다. 이러한 부르기, 호출, 외침은 대상을 내가 아닌 다른 누군가와 공유하고 싶다는 충동에서 비롯한다. 나 아닌 다른 누군가도 이것을 보았으면, 하고 바라는 순간이 누구에게나 있다.

이와 같은 공유에의 충동, 내가 본 것 ― 내가 보기에만 아름다워 보일 수도 있기에 분명 비웃음을 살 수도 있을 만한 것 ― 을 함께 보려는 원초적인 충동이 예술적 표현을 낳는 주요한 원인임은 분명하다. 그러나 수잔은 본격적인 창작을 통한 열망의 해소가 아닌 말하기를 통한 수줍은 해소, 즉 망각을 택한다. 노래하듯이 부르고 그것이 "슬쩍 빠져나가"게 둔다. 놓아준다. "저기, 저것 봐," 혹은 "딱정벌레야," 혹은 "(뭐라고 하는지 알아들을 수 없는 어떤 외침이나 탄식.)" 아이들이 처음 말을 배울 때 반복하는 '저기, 저', '아', 와 같은. 순수한 지시어[3].

그는 이 순간을 남과 공유하기를 반쯤은 포기한다. 소리 내어 부르는 순간, '그것'은 이미 수중에 없는 대상이나 마찬가지라는 걸 깨닫는 것이다. '그것'은 빠져나갈 것이며, '그것'에 대한 나의 인상만이 남을 뿐이다……

3 이 대목을 쓰면서 롤랑 바르트의 『밝은 방』과 일레인 스캐리의 『아름다움과 정의로움에 대하여』를 떠올렸다.

나는 수잔의 외침이 아주 나지막했으리라고 상상한다. 수잔은 말하는데, 다른 사람이 말하기를 기다리는 사람처럼 말한다. 거의 읊조린다. 속삭인다. 그래, 난 아름다운 걸 보았고, 놀랐어. 알아. 보이는 걸 보이는 대로 보았을 뿐이고 그게 전부라는 걸. 전부면서 아무것도 아니라는 걸. 그러니 난 이렇게 말할 수밖에 없어. 소박하게. 조용히. 아무것도 말하지 않은 것이나 다름없는 몇 마디 표현 외에는. 그리고 그는 입을 다문다.

나는 여기서 인상을 말하는 사람에게 순간적으로 깃드는 윤리를 본다. 인상을 말하는 사람은 말한다. 이것은 자신의 주관적인 느낌일 뿐이라고, 인상은 인상일 뿐이라고. 그리고 그것이 지나가네. 가 버리네.

단순한 인상의 윤리는 바로 '이것은 단순한 인상일 뿐 그 이상도 이하도 아니야,'라고 말하며 가만히 서 있는 이 사람[4]에게서 발생한다. 이것은 인상이라는 단어에 내재하는 윤리가 아니라 그것을 말하는 사람으로 인해 순간적으로 발현되는 종류의 윤리다. 적극적인 작위를 필요로 하지 않는 소극적이고 자연스러운 성격의 윤리다. 누구나 말할 수 있고, 그러나 누구나 말할 수 있어서 특별한 의미를 가지지

4 걷다 말고 멈춰 선 사람에 대해서는 뒤에 실린 글 「발톱」에서 더 자세히 다루었다.

않는 것처럼 보이는 인상을 말하기는 가장 헐거운 방식으로
대상을 "구속"함으로써 즉시 구속을 포기한다. 무연속성의
상태에 머무르기를 소망한다.

*

나는 단어가 "탐스러운 검은 빛깔을 **잠시**"[5] 가질 뿐이라는
걸 안다. 영원한 탐스러운 검은 빛깔에 대해서는 알 수도
없고 겪어본 적도 없다. 검은 빛깔은 내게만 보인 것이어서
확정적이지 않다. 고정되지 않는다. 인상은 이렇게 말한다.
네가 가질 수 있는 색과 질감과 파장이 무수히 많다는 걸
기억해. 다르게 말하면 기다림이 영원히 계속된다는 뜻이야.
확정된 색은 없어. 이것은 슬픈 일이지만…… 슬픈 일이지만,
인간은 인간으로서 겪을 수 있는 모든 종류의 슬픔을 기꺼이
겪고자 하는 기이한 욕망을 가지고 있는 게 분명하다.
그리고 나는 기다린다. 네가 다른 말과 다른 얼굴을
보여 주는 무수한 순간을. 이것이 시시한 글쓰기의 유일한
목표이자 무한한 가능성이다.

5 김유림, 「미래의 돌」, 『양방향』 (민음사, 2019).

쉬는 방법[1]

묘사를 좋아합니다. 묘사는 갑자기 전부를 불러 세웁니다.
이것 좀 봐, 라고 말하는 것 같습니다. 그렇지 않나요? 학교를
가는 길에 불현듯 벚꽃나무에 눈길이 가면 멈춰 서게 됩니다.
기분이 좋습니다. 출퇴근을 하다 말고 평소라면 눈길도 주지
않았을 전봇대나 오래된 슬레이트 지붕을 눈여겨보게 되는
날이 있습니다. 거기에 현실과 비현실을 연결하는 틈새가
있는 것만 같습니다. 왜 하필 오늘 '그것'에게 매혹되었는지
이유를 알아내지 못해도 좋습니다.

제 생각은 이렇습니다. 묘사는 중단입니다. 수평에의
저항이고, **수직에의 의지**[26]입니다. 흐르기를 거부하는

[1] 시 「쉬는 방법」에서 가져왔다.

것입니다. 이러한 중단에의 초대에 응하면 잠시 일상에서 빠져나와 멈춰 설 수 있습니다. 직전까지 어떤 고민을 하고 있었는지 어디로 가서 무엇을 해야 하는지 잊어버린 채 '지금 이 순간'에 머무를 수 있습니다. 상쾌합니다.

중단에의 초대

소설에서 좋은 묘사를 마주하면 저는 화자와 공모하여 '앞으로 나아가기'를 거부합니다. 때때로 화자도 작가도 멈춰 서지 않고 지나가 버릴 정도로 사소한 표현을 발견하고 멈춰 서기도 합니다. '어? 이 부분, 지금까지의 흐름과는 다르지 않나요?' 누구든 데리고 와 보여 주고 동의를 구하고 싶어집니다.

인생은 움직이고 있다.

대학교에 간다.

대학교에는 심리 상담실이 있다. 심리학과 교수가 있다.

인지행동요법을 가르치는 선생도 있다. 시무라 유우코 선생님.

돌아다니는 사람이 없는 1교시 수업 시간 중에 선생님을 찾아가

2 '수직에의 의지'에 대해서는 뒤쪽의 글 「그림」에서 더 자세히 다루었다.

본다.

연구동 7층. 대학생이 되고 처음 가 본다……. 햇빛이 천장의
정원에서 떨어지는 것처럼 비추어 아름다운 데다가 방에도
복도에도 물건이 적다. 복잡하게 널려 있는 줄로만 알았는데
선입견이었다. 심리학과 연구실 옆쪽으로는 입구가 나 있고,
파란색 융단이 깔린 작은 방에 카운터가 놓여 있다. 접수대다.

— 『인간의 제로는 뼈』[3]

"인생은 움직이고 있다"고 주인공 카오리는 분명히
밀합니다. 그러나 뒤따르는 장면 묘사에서 시간은 잠시 멈춘
듯합니다. 카오리가 대학교 연구동 건물로 들어가 접수대를
발견하기 이전에 마주한 내부 풍경에 대한 짧은 묘사가
너무나도 인상적입니다.

"햇빛이 천장의 정원에서 떨어지는 것처럼 비추어
아름다운" 건 대체 어떤 모습일까요? 나무의 그림자나 그와
비슷한 무언가가 아름답게 뒤얽혀 흰 벽에 모습을 드러낸
것일까요? 알 수 없습니다. 전혀 중요하지 않은 지점이기
때문입니다. 소설은 잠자코 흘러갑니다. "천장의 정원"이
어디서 비롯한 표현인지 알려 주지 않습니다. "천장"으로

<hr>

3 마이조 오타로, 정민재 옮김, 『인간의 제로는 뼈』(민음사, 2022), 114쪽.

시선을 돌릴 생각도 없습니다. 짬을 내어 그것의 아름다움을 상상하는 건 독자의 몫이자 선택입니다. 카오리의 말대로 "인생은 움직이고 있"지만 이럴 때면 잠시 쉬어 가야 하지 않나, 하는 느낌이 듭니다.

　여기서 저는 정지의 마법을 느낍니다. 인생이 다소 이상하게 흘러가도 쉬지 않고 달려온 카오리의 의식이 짧은 묘사로 인해 잠시 산만해집니다. 아주 잠시지만 소설은 주위를 둘러봅니다. 독자인 저도 이 대목에서 잠시 쉬어 갑니다. 소설이 주인공에게 사건을 던져 주는 속도가 매우 빠르지 않나, 라는 생각이 드는 동시에 카오리가 그러한 속도에 크게 개의치 않아 왔다는 사실을 깨닫습니다.

　그러나 이 지점에 이르러 변화가 생깁니다. 인생이 어떤 식으로 흘러가든 큰 문제가 될 건 없다는 태도를 완전히 버린 건 아니지만 그래도 주인공 카오리가 심리 상담이라는 걸 받겠다고 결심하고 "심리학과 연구실"을 찾습니다. 저는 감탄합니다. 묘사는 짧지만 절묘한 순간에 스쳐 지나갑니다. 변화를 결심한 시점에 세상은 "햇빛이 천장의 정원에서 떨어지는 것처럼 비추어 아름다운 데다가 방에도 복도에도 물건이 적"어서 보기 좋습니다. "복잡하게 널려 있는 줄로만 알았는데 선입견이었다"고 고백하게 만듭니다. 모든 건 (예상과는 다르게) 깔끔하게 정돈된 채로 주인공을 기다리고 있습니다. 그는 그것을 마주할 준비가 되어 있습니다.

인생의 흐름이 잠시 느려지는 대목이 여기라고 저는
주장하고 싶습니다. 시간은 또다시 흘러갈 것이지만, 이
순간만큼은 숨을 고를 수밖에 없습니다. '이곳에 와서 상담을
받는다고 해서 무엇이 달라지는지는 잘 모르겠지만……
그래도 이곳은 나쁘지 않다.'고 말하는 카오리의 목소리가
들리는 것 같습니다.

가던 사람

'불러 눕힌다'거나 '불러 앉힌다'는 표현은 쓰지 않습니다.
불러 세우는 일은 많지요. 가던 사람을 멈춰 세우는
것입니다. 가다가 말고 우뚝 서는 일은 가다가 말고 앉거나,
눕는 일과는 무엇이 다를까요?

①불러 눕히다.
②불러 앉히다.
③불러 세우다.

세 개의 표현 모두 가고 있던 사람을 불러서 멈추게
만든다는 점에서는 장면의 전환, 분위기의 전환을 꾀한다고

볼 수 있습니다. 그러나 ①과 ②는 상당히 적극적인 뉘앙스를 띠고 있습니다. 부르는 행위보다는 '불러'의 뒤에 붙은 단어인 '앉히다'와 '눕히다'에 방점이 있습니다. 가던 사람의 행로를 완전히 바꿔 놓겠다는 의식이 기저에 깔려 있습니다.

그러나 ③은 다릅니다. '불러'와 '세우다'는 비슷한 무게를 갖습니다. 불러서 세우는 사람은 일단 부르고 보는 사람입니다. 장면 전환에 대한 기대가 크지 않습니다. 무언가를 완전히 바꿔 놓겠다는 마음이 크지 않습니다. 일단 멈춰 봐, 한번 들어 봐. 살펴보고 원하면 머무르고 아니면 가던 길을 가라는 식입니다. 어차피 서 있는 상태이니 언제든 다시 출발할 수 있습니다.

만약 ①과 ②를 받아 들여서 앉거나 눕는다면, 다시 움직이는 데 큰 결심이 필요합니다. 부름으로 인해 시작된 장면 전환이 본격적인 이야기나 주제가 되고 맙니다. 지나가던 사람이 새로운 이야기나 주제 속으로 완전히 끌려 들어온 것입니다. 그는 잠시 시선을 빼앗긴 사람이 아니라 경로를 바꾼 사람이 됩니다. 이건 제가 생각하는 묘사의 부름이 아닙니다.

묘사는 언제나 불러 세웁니다(③). 언제라도 가던 길을 갈 수 있습니다. 이러한 미결정의 상태, 애매모호한 상태에서만 가능한 자그마한 저항을 좋아합니다. '언제라도 다시 움직일 수 있음'을 전제로 하는 중단만이 가능하게 하는 저항이 있습니다. 유동적이고 일시적인 저항. 언제든지 또 다른 부름에 응해서 고개를 돌릴 수 있는, **가던 길을 가는 사람**만의 힘이 있습니다.

내가 말하는 조금이란 정말 조금이다[1]

『파도』나『브루노 슐츠 작품집』과 같은 책을 읽다 보면,
자, 이제 여기서 덮어도 된다, 더 이상 읽을 필요가 없다,
는 극단적인 생각이 들 때가 있다. 단 몇 문장만을 읽었을
뿐이지만 책 전체를 읽은 것이나 다름없다, 는 확신이, 혹은
이 문장만으로도 만족한다, 는 놀라운 만족감이 들 때가.
이런 경우, 책은 확실히 비선형적인 성격을 띠는 물체다.
사진과 비슷한 성질을 보여 주는 것이다. 처음과 끝이
있다기보단 여기 있는 게 전부인. 여기서 시작해 여기서
끝남. 돌고 돌아도 여기 있음. 여기만 해도 충분함.
　물론 이것은 작자의 의도나 방향을 헤아리는 읽기와는

[1]　시「에버랜드 일기」에서 가져왔다.

거리가 다소 먼 수용자 측의 제멋대로 즐김일 뿐이지만.
이러한 즐김, 그러니까 작자가 예측하거나 제어할 수
없는 **즐김**의 폭과 영역이 변화무쌍하고 부드럽고 깊고
강할수록…… 나는 즐겁다. 반드시 기억하게 된다. 이 책
정말 대단한걸. 대단하다.

이것만으로도 충분해. 혹은 이 시집 어떤 것 같아?
누군가가 물으면, 시집의 몇몇 작품을 살펴보고는,

음, 모양이 괜찮아. 좋을 거 같아.

라고 답하는 것.

이런 짓이 글에서는 가능하다.

글의 **임의접속**적인 측면이다. 부분이 부분이라는 명칭을
잊어버리는 순간이다. 작동한다. 절단이 일어난 적 없다는
듯이. 부드럽고 완전하게.

20년 전에 존 케이지는 3초든 3일이든 마음대로 들을
수 있는 자기 테이프를 만들고 싶어했다… 다시 말해
듣기 ─ 시간이 정해져 있지 않은(그리고 임의접속할 수 있는)
구조를 원했던 것인데, 이와 같은 '부분에 대한 관심'은
인쇄문화 관계 분야에서는 아주 널리 퍼져 있지만, 음악이나
연극, 혹은 영화처럼 시간에 구속된 예술에서는 새롭고 놀라운
것이다.[2]

백남준이 말한 "임의접속"은 그가 말한 대로 "인쇄문화 관계 분야"와 책의 세계에선 빈번하게 이루어진다는 생각이 든다. 음…… 존 케이지가 찾던 자기 테이프가, 혹은 마르그리트 뒤라스나 요나스 메카스의 영화가 구현하고자 한 시간적 불확정성이 사이버네틱스 시대의 독자인 우리에겐 내면 깊숙이 장착되어 있는 성질인 건 아닐까? 물론 (내용·형식·분위기의) 불확정성만이 책의 유일한 성질이라고 말할 수는 없지만, 뭐랄까, 어떤 책들은 놀랍다.

어떤 책들을 읽으며, 난 생각한다. 여기, 멈추어 서라고 종용하는 작은 부분이 있네. 작가가 원한 것인지 아닌지 잘 모르겠지만! 그와 동시에 생각한다. 아니, 작가가 그걸 원했을 수도 있어. 영원히 가지 말라고, 멋들어진 사건과 매력적인 인물과 눈물 나는 결론을 준비해 두긴 했지만, 사두고 읽지 않은 책의 더미가 눈앞에 어른거리겠지만, 보라는 것이다. 빛나는 하나의 조각을. 멈출 수 있는 가능성을, 멈춤에서 모든 게 폭발할 수도 있어.

그렇다면, 임의접속, 즉 언제든 접속할 수 있는 순간에의 열망, 비시간(非時間)에의 열망은 무한보다는 유한과 소멸에 대한 열망(혹은 소멸을 통해 무한에 다다르려는 열망)으로

---

2 백남준, 임왕준 외 4인 옮김, 『백남준: 말에서 크리스토까지』(경기문화재단 백남준아트센터, 2018), 219쪽.

보인다. 정지에의 열망. 여기서 멈추고 싶음. 더 이상 가고 싶지 않음. (백남준은 "우리 시대의 질병은 바로 인풋과 아웃풋의 관계에서 비롯"된다고 썼다. "인풋 과부하"는 그를 사로잡은 화두 중 하나였다.) 3초와 3일은 길이의 측면에서 차이가 나는 것이 아니다, 둘은 각기 다른 완전체-세계이며, 어느 쪽을 택해서 접속할 것인지는 당신의 선택일 뿐이다. 3일이 더 나은 건 아니다. 기타 등등.

이런 접근법을 시적인 것이라고 부를 수도 있을 것이다. 그리고 나는 때때로 작가의 시적 설득에 사로잡혀서 며칠이고 책의 특정한 부분을 떠나지 못한다.

그림[1]

내 생각에 그림은 책임감이 있다는 점에서 영화와는
다르다. 어떤 점에서 책임감이 있냐면, 중력 법칙에 반하여
수직으로 걸려 있다는 점에서, 그리고 그 상태에서 흘러가지
않고 멈추어 있다는 점에서 그렇다. 그것은 들여다보고자
하면 언제나 거기에서 자기 자신의 전부를 보여 준다.
전부를. 그것은 멈춰 선 채로 기다린다.

　세부는 종종 아무리 보아도 본 게 아닌 듯 별 의미를
생성하지 못하고 미스터리로 남는다.(난 미스터리로 남는
세부를 좋아한다. 그건 언제든 만질 수 있을 것 같지만 절대로 만질
수 없는 몸과 같다. 실제로 전시장에 걸려 있는 그림은 대부분의

<hr />

[1]　시 「드가가 드가에게」에서 가져왔다.

경우 만질 수 없다.) 그러나 그림의 세부가 미스터리로 남는
이유는 그것이 스스로를 미스터리로 제시하기 때문이
아니라 오히려 아무런 의지나 의도도 없이 모든 것을
내보이기 때문이다. 벽에 걸린 그림은 자신을 위한 잉여를
남기지 않으며, 전부 읽히고 소진된 이후에 버려질 위험을
감수한다. 오직 나를 위해 멈춘 얼굴처럼. 나를 위해 세워진
꿈속 가교처럼. 언제 돌아가도 거기 그대로 있을 것만 같다는
느낌을 준다. 그러나 나는 보아도 보아도 세부를 기억하지도
소유하지도 못한다.

　이런 식으로 지나가는 사람에게 내장을 진부 드리내어
보여 주는 건, 벽을 쌓는 행위와도 같다. 벽이라는 건 중력
법칙에 순응하지 않는다는 점에서, 죽음에 반하는 행위이다.
죽은 걸 죽은 것으로, 지나간 걸 지나간 것으로 두지 못하는
존재가 인간이다.(물론 죽은 걸 죽은 것으로, 지나간 걸 지나간
것으로 두는 존재도 인간이지만.) 때때로 인간은 분명히
벽을 세우고자 한다. 이는 죽어서 땅바닥에 누워 버린 것,
포기해야 맞는 것을 그것의 죽은 의지에 반하여 어떻게든
일으켜 세우려는 의지이다. 중력에 절대적으로 순응한 것을
수직으로 일으켜 세우는 것이다. 생명체라면 거스를 수 없는
죽음의 법칙에 맞서려는 시도이다.

　서로를 뚫어지게 살펴보는 행위도 이와 유사한 벽 쌓기의

행위, 정지의 행위다. 뚫어지게 들여다보는 일이 서로에
대해 더 많은 걸 알게 돕지는 않지만 (오히려 더 많은 궁금증을
발생시킬지도 모른다.), 적어도 시간의 흐름을 비트는 일,
시간의 흐름에 일시적으로 저항하는 일은 가능하게 한다.
사랑에 빠진 사람들이 서로를 뚫어져라 보는 시간을 가지는
건 이 때문일 것이다. 흘러가지 않도록 붙잡는 것.

　　이러한 '중력에 반(反)하고자 하는 의지'를 실체화한 것이
벽이고 벽화이고 그림인 건 아닐까. 나는 고대의 동굴 벽화가
새기고자 한 것이 수직에의 의지 그 자체였다고 느낀다.
그림은 분명 원래대로라면 지나가 버리고 말 것을 붙잡아
두려는 의지에서 비롯한다. 순간, 감정, 생명…… 직전에
태어난 빛. 색. 패턴. 무엇이 되었든 지나가 버리고 말았을
그것을 수직으로 화(化)하기. 새겨 두기. 언젠가는 떨어질
수도 있겠지만.

　　수직으로 걸린 스크린에 영사된다는 점에서 영화도
시간의 흐름을 비트는 한 활동 중 하나임은 분명하지만,
스크린 저편에서 흐르는 시간은 이곳의 시간과는 사뭇
무관해 보인다. 여기 적용되는 '중력의 법칙'이 저곳에
동일한 방식과 강도로 적용되지 않으리란 느낌이 든다.
영화는 과거의 어느 순간에 이곳에 속했던 것이어서 지금의

현실과 매우 닮기는 했지만 지금 이곳과는 완벽하게
분리된 독립적인 세계를 재생한다. 그것은 이곳의 중력
법칙으로부터 발아했지만, 이곳의 중력 법칙을 개의치 않고
책임지지도 않는다. 벗어난 채로 움직인다. 그러한 방식으로
이곳-나에게 충격을 준다.

영화와 그림의 가장 큰 차이점은 영화가 그 나름의
원칙을 따라서 흘러가 버린다는 데에 있다. 그것은 **땅바닥에
누워 버린 것, 포기해야 맞는 것을 그것의 죽은 의지에
반하여 어떻게든 일으켜 세우지만,** 그것을 그렇게 억지로
일으켜 세운 뒤 다시 한 번 새로운 평행 세계의 중력 법칙에
순응하도록, 무너지도록 만든다. 즉, 영화는 벽을 쌓은
뒤 무너뜨리는 과정 전체를 자기 자신의 영역으로 삼는
장르이다. 영화 관객은 원래대로라면 단 한 번만 지나가
버리고 말았을 죽음이 두 번이고 열 번이고 일으켜 세워지고
무너지는 광경을 목도하지만, 그 광경에 전혀 개입하지
못한다. 이 경험을 통해 그가 연습하는 건 죽음이다.

사진도 그림과 다르다. 물론 흐르는 시간을 포착하여
수직적으로 고정시키는 작업이라는 점에서는 그림과 같다.
그러나 사진은 특정한 순간을 광학적 원리를 이용하여
고정시켜 둔 것으로, 물감이나 그와 비슷한 역할을 하는
재료를 쌓는 그림 작업과는 다르다.(내가 이 글에서 언급하는

그림은 '중력에 반하여 물감을 쌓는 행위와 그 행위로 인해 얻은 결과물'로 한정되어 있다.) 그리고 사진과 그림이 보여 주는 정지의 성격이 미세하게 다르다. 사진의 정지가 '작업 대상의 정지'라면, 그림의 정지는 '작업 자체의 정지'다. 사진은 저기서 멈춘다. 저기서 멈춘 걸 이곳으로 가져온다. 그림은 지금 여기서 스스로 멈춘다.

사진에 포착되어 있는 대상에 작동하는 중력 법칙은 관객인 나에게 작동하는 것과 같은 종류가 아니다. 사진이 '중력에 반(反)하고자 하는 의지'를 실현한 장르임은 분명하지만, 사진이 거스르고자 하는 중력은 지금 내게 작용하는 중력과 다를 수밖에 없다. 저편에서 시도한 수직에의 의지는 멈추어 선 관객의 현실과 팽팽한 긴장 관계를 맺으며, 관객의 현실인 이편마저 정지시킬 기회를 엿본다. 이런 방식으로 사진은 (두 평행한) 시간의 흐름을 비틀어서 만나게 한다.

그러나 그림을 볼 때면 그것이, 그것의 일부이자 전부인 물감이, 나와 함께 이곳에 멈춰 있다고, 그것이 느끼는 시간과 내가 느끼는 시간이 동일하고, 따라서 그것에게 제약을 가하는 중력 법칙과 나에게 제약을 가하는 중력 법칙이 같다고 느끼게 된다. 그것은 여기 있다. 버티면서.

따라서 나는 사진이나 영화를 볼 때, 나의 시간과 대상의 시간을 어떤 방식으로 화해시킬 것인지 궁리하지만, 전시장의 작품, 특히 그림을 볼 때는 나와 그것이 함께 견뎌내고 있는 공통의 시간을 감각하는 데에 집중한다. 그 어느 때보다 분명하게 자연의 힘을 의식하게 된다.

추신: 벽이나 벽으로 만든 실내 공간이라는 것이 이미 '나'를 시간의 법칙으로부터 보호하기 위해 만들어진 것이고, 정지이며, 자연스러운 흐름으로부터의 고립을 돕는 것인데. 거기에서 그치지 않고, 사람들이 오래전부터 벽에 무언가를 걸어 두고는 했다는 사실이, 흰 벽을 그림이나 천으로 덮거나 장식하고는 했다는 사실이, 우리가 죽음을 두려워한다는 걸, 시간은 결국 흐르고 만다는 단순한 진리를 잠시라도 잊고 싶어 한다는 걸 너무나도 명백히 말해 주는 것 같다.

시간[1]

— Virtual Reality라는 이름의 블랙홀

값을 치른다는 것

다른 시간으로의 이행은 충격을 동반합니다. 값을 치러야 합니다. 아무런 대가도 없이 시간 여행을 하는 시대는 도래하지 않을 것입니다. 아무리 못해도 늙거나 병이 들 수밖에 없습니다.

만약 SF 소설이나 영화에서처럼 아무런 타격이나 대가가 없는 간단 시간 여행이 가능해진다면, 인간은 외양만 인간일 뿐 더 이상 인간이 아니게 될 것이라는 게 제 생각입니다. 포스트휴머니즘휴먼…… 정도가 되는 것일까요. 제가 생각하는 '인간'이라는 존재는 아무런 대가도 치르지 않는

[1] 시인의 말 "가야 할 시간이야"에서 가져왔다.

이동이나 변화를 할 수 없을 뿐만 아니라, 그것이 가능하게 되더라도 원하지 않을 것입니다. 인간은 요구를 받지 않더라도 무언가를 내놓습니다. 무언가를 내놓고 얻은 것을 소중히 여깁니다.

값을 치르지 않은 변화나 이동은 불안과 공포를 느끼게 뿐만 아니라 현실감각을 박탈합니다. 현실감각을 박탈하기에 불안과 공포를 느끼게 하는 것일지도 모릅니다. 원인이 있으니 결과가 있고, 결과가 있으면 원인이 있다는 세계의 법칙을 지키기 위해서라도 우리는 시간이 날 때마다 과거에 의식하지 못하고 치른 대가를 곱씹고 그것에 이름을 붙이는 작업을 하는 걸지도 모릅니다.

그러나 항상 값을 치른다는 것

그러나 값을 치르는 일은 고되기에 우리는 많은 시간을 '값'의 문제를 잊고 지냅니다. 그다지 신경을 쓰지 않았거나 노력을 기울이지 않았음에도 좋은 결과를 얻었다고 믿고 싶어 합니다. 자고 일어나니 부자가 되었더라, 는 말은 간극을 메우기 위한 대가를 지불하지 않았음에도 위치 변화가 발생했다, 는 말과 같습니다.

그러나 이러한 소망과는 달리 사실 우리는 거의 항상 값을 치르고 있습니다. 하루에도 몇 번씩 시간 이동, 위치 이동을 합니다. 원하는 걸 얻기 위해 주의력과 재화를 투입합니다. 별 탈 없이 업무를 마무리하고 귀가하기 위해 종일 신경을 씁니다. 다만 우리는 평안한 하루를 영위하기 위해 이 사실을 의식적으로라도 잊고 지내려고 노력합니다. 시간 여행을 한 적 없다는 듯, 그리고 그런 일은 만화나 꿈에서나 일어나는 일이라는 듯 행동하고 생각하는 것입니다. 그러나 **결론:** 우리는 항상 시간 여행을 하고 있습니다.

부자가 되기는커녕 일상을 유지하는 데만도 어마어마한 에너지를 들여야 하는 것입니다. 하루에도 수십 번씩 덜컹덜컹 시간 여행을 하면서 말입니다.

알아차리기

재밌는 점은 우리가 항상적으로 겪고 있는 시간 여행을 책, 영화, SNS, 뉴스 등의 콘텐츠가 제공하는 극적인 설정을 통하지 않으면 쉽게 인식하지 못한다는 사실입니다. 물론 책을 읽거나 영화나 인스타그램 릴스, 유튜브 영상을 본다고 해서 하루에도 수십 번씩 발생하는 위치 이동을 무조건 인식하게 되는 건 아닙니다.(그렇게 되면 사람들은 대상 콘텐츠가 무엇이든 간에 보기도 전에 피로감을 느끼고 그것을 소비하길 꺼리게 될 것입니다.) 대부분의 콘텐츠는 일상적으로 발생하고 있는 시간 여행을 일상과는 거리가 먼 특별한 이벤트로 여기도록 극화하기 때문에 우리가 항상적으로 시간 여행을 하고 있다는 사실을 외려 잊어버리게 만듭니다.

그러나 어떤 콘텐츠와의 만남은 분명 현실이라는 이름의 시간을 타자화하도록 합니다. 현실이 하나가 아닌 수 개의 현재로 이루어진 다발이라는 진실을 마주하게 만듭니다.

저는 종종 끔찍한 뉴스 기사와 기사에 달린 끔찍한 댓글을 읽으며 이 사실을 깨닫습니다. 현실은 수 개의 현재로 이루어진 다발이며, 내가 속한 현재는 그중 하나일 뿐이라는 사실을 말입니다. 내가 속한 현재는 당연하지 않습니다. 뉴스 기사나 소셜 미디어 플랫폼 상의 콘텐츠, 책 등이 기차나 비행기, 우주선 못지않은 이동 수단이 되는 순간이 바로 이 순간입니다.

이용자로 하여금 '내가 속한 현재'로부터 벗어나 '내가 속한 현재와는 전혀 다른 현재'로 갈 것인지 말 것인지를 선택하게 만드는 순간 말입니다.

"80년대 일어날 법한 일"이 일어난 오늘과 "지금이 무슨 조선 시대"[2]인가 싶은 오늘과 내가 사는 오늘은 같은

---

2 인터넷 기사의 댓글 중 하나로 지금은 정확한 출처(URL)를 기억할 수 없다.

오늘이며, 그것들은 동시에 존재합니다. 우리-이용자-
독자는 내 것과는 전혀 다른 그 시간으로 이동할 것인지 말
것인지를 결정해야 합니다. **그** 시간을 이 시간과 너무나도
다른 '터무니없이 끔찍하고 야만적인 시간'으로 지칭하고
돌아설 것인지 아니면 그 시간을 나의 오늘로서 받아들일
것인지 결정해야 합니다. 선택에 기로에 서 있음을
알아차리는 순간 극적인 시간 이동은 불가피합니다.

동시에
폭발적으로

작품에 대한 질문을 받을 때면 저는 종종 동시성 개념을
말하곤 했습니다. 현실이란 여러 개의 현재를 동시에
한 데 모아 둔 다발이라는 사실을 항상적으로 의식할
때 가능해지는 글쓰기가 무엇인지 설명하고 싶었던 것
같습니다.

믿을 수 없는 일, 한낱 가십이나 기삿거리 정도로
치부하고 넘어가고 싶은 일도 나의 현실을 이루고 있는
일부라는 사실을 받아들이는 일이 중요하다는 생각을 늘
해 왔습니다. 그리고 이를 '이런 일도 일어나고 저런 일도
일어나는 게 현실'이라는 식으로 설명해서는 충분하지

않다고 느꼈습니다.

평행 우주나 시간 여행과 같은 환상적인 개념을 함께
언급해야 했던 이유는 이 때문입니다. 복수의 현실이
양립하고 있는 게 아니라 복수의 현재가 겹쳐진 채 흐르고
있다, 고 말하고 싶습니다. 복수의 현재가 동시에 존재할 수
있는 방법과 장소가 무한하다고 믿지 않습니다. 그것들이
동시에 존재할 수 있는 방법은 단 한 가지로 제한되어야
합니다: *여기에 있는 것.*

그래야만 지금 내가 속해 있는 이 시간에서 보이는 것이
보이지 않는 것과 경합을 하여 승리한 것이라는 생각을 지울
수 있습니다. 보이는 것은 우연히 보이는 것의 편으로 건너온
것뿐이며, 보이는 것이나 보이지 않는 것이나 전부 오늘의
현실입니다.

지금 내가 속해 있는 이 시간

지금 내가 속해 있는 이 시간은 완벽히 계급적입니다.
계급의식과 시간의식은 분리될 수 없습니다. 그런 의미에서
'지금 이게 말이 되느냐'는 발화는 의미심장합니다.
단어 '지금'과 '말이 되는(sensible, 납득 가능한)'의 거리는
가깝습니다.

①'지금'이라는 단어는 나의 계급과 상황, 처지에서 납득이 가능한 수준에서 구성됩니다.

②'지금'은 하나가 아니어서 나는 나의 계급과 상황, 처지에 맞게 하루에도 몇 번씩 다른 자리로 이동합니다. 어머니, 손님, 딸, 부하 직원, 승객 등이 됩니다.

②이러한 위치 변화의 속도나 정도가 극심하지만 않다면 대부분의 '나'는 별 탈 없이 하루를 마무리합니다.

②납득 가능한 선에서 지금은 구성되고 유지됩니다.

③그러나 클라리시 리스펙토르가 말하는 '사랑'을 앓는 사람은 스스로가 당연하다고 여겨 온 현실의 지독한 가난을 직시하게 됩니다. 내가 '지금'이라고 불러 온 것을 지탱하는 계급적·사회적 조건을 적나라하게 보게 되는 것입니다. 요컨대 나의 현실은 현실로서 충분하지 않으며, 언제나 그것을 대체할 현실이 존재합니다.

③사랑이 지금 내가 속해 있는 이 시간의 지평(타임라인)에서는 상상도 하지 못했던 현실을 현실로서 마주하게 만드는 것입니다.

③이때, 이 시간과 저 시간은 서로 우위를 점하지 못한 채 충돌을 그대로 내보입니다.

③'나'는 나의 시간에서 튕겨져 나갑니다. 이탈합니다. 어머니, 손님, 딸, 부하 직원, 승객 등의 자리에서

벗어나 이름 붙일 수 없는 자리로 순식간에 이동합니다.
무너집니다.

　④아나의 장바구니에 담긴 달걀은 깨집니다.

　단편소설 「사랑」에서 주인공 아나는 자신이 속한 시간의
붕괴를 경험합니다. 평소와 같이 장을 보고 돌아오는 길에
그는 버스 창밖에서 구걸을 하는 맹인이 껌을 씹고 있는 걸
알아차립니다. 그리고 바로 그 순간 예기치 못한 "사랑"을
느낍니다.

　이때의 사랑은 현실이라고 부르는 것의 지독한 가난을
직시하고 받아들이는 힘입니다. 현실은 현실로서 충분하지
않으며 언제나 부족합니다. 끝없이 이동하지 않으면 충분한
현실을 가질 수 없습니다. 이것이 아나가 "아찔한 자비"와
사랑이라는 이름의 이동 수단을 통해 목도한 진실입니다.

　지금껏 평범한 주부로서 향유해 온 아나의 시간이
구체성과 현실성을 잃는 동시에 그 시간을 완벽하게 대체할
수 있는 살아 있는 타자의 시간이 생생해집니다. 그는
극심한 혼란과 두려움을 느낀 나머지 그날 하루를 망칩니다.
이전에는 한 번도 방문한 적 없는 도시 외곽의 식물원에
머물며 귀가를 미룹니다.

　「사랑」은 '지금 내가 속해 있는 이 시간'으로부터 쫓겨난

인물의 (결국에는 완성되는) 귀가를 다룹니다. 그는 집으로
돌아오지만 시간 여행의 충격으로 인해 소속감과 정체성을
절반은 잃어버린 상태입니다. 아직 완벽히 귀가하지 못한
상태인 그를 부르는 건 망각이자 잠입니다.

> 오늘 오후, 그녀 안에서 어떤 고요한 것이 폭발했고
> 그리하여 집 전체에 유머러스하고도 슬픈 분위기가 팽배했다.
> "잠잘 시간이야." 그가 말했다. "많이 늦었어." 그녀가 알지
> 못하는, 하지만 자연스러워 보이는 몸짓으로 그는 그녀의 손을
> 잡고, 뒤돌아보지도 않고 앞으로 데리고 갔다. 그럼으로써
> 그녀를 삶의 위태로움에서 빠져나오게 했다.
> 자비의 아찔함은 사라졌다.
>
> ──「사랑」[3]

소설의 결말부입니다. 아나의 장바구니에 담겨 있던
달걀은 깨졌지만, 급격한 시간 이동의 충격을 완화하는 방법
중 하나인 "잠잘 시간"은 유효한듯합니다. 아나는 "알지
못하는, 하지만 자연스러워 보이는" 망각의 몸짓을 따라서
"뒤돌아보지도 않고 앞으로" 갑니다. 잠을 택합니다. 이로써

3 클라리시 리스펙토르, 배수아 옮김, 『달걀과 닭』(봄날의책, 2019), 38쪽.

그가 본래의 자리로 복귀할 가능성이 커집니다. 즉,

⑤'지금 내가 속해 있는 이 시간'으로 여겨졌던 지점으로 회귀하기 위해서 망각은 필수입니다. 연약한 시간 여행자인 우리에게 잠이란 축복과도 같은 안정제인 것입니다.

"뒤돌아보지도 않고 앞으로"가서 침대에 눕는 일은 시간의 동시성, 즉 시간이 다발로 이루어져 있다는 점을 망각하는 일입니다. 다발을 세며 한 자리에 머무르는 사람은 앞으로 나아갈 수 없습니다. 하나의 과거로서의 현재를 가질 수 없는 만큼이나 하나의 미래를 가질 수 없으며, 꿈을 꿀 수도 없습니다. (동시성을 항상적으로 의식하고 있는) 이 경우, 우리는 아나의 경우에 비추어 다음과 같은 결론을 내리게 됩니다. **결론:** 인간은 잠과 망각에 기대어야만 소위 현재라고 부르는 것을 가질 수 있으며, 미래라고 부르는 것을 꿈꿀 수 있습니다.

이동 수단

나를 나의 현실로부터 끄집어내어 생각지 못한 자리로 이동시키는 모든 것이 **이동 수단**이라고 생각하기 시작한 이후로 핸드폰, 잠, 커피, 디저트, 개와 고양이, 자연, 책, 영화, 눈짓 등 모든 게 다르게 보입니다.

버스, 지하철, 기차, 비행기, 우주선과 같이 우리가 일반적으로 '이동 수단'이라 부르는 것이 물리적 이동을 가능하게 한다면, 일반적인 의미에서 이동 수단의 범주에 들어가지 않는 삶의 요소들은 예기치 못한 때에 '이동 수단'으로 기능하여 우리의 정신이나 감정, 생각 등을 바꾸어 놓습니다. 이때, 우리의 물리적 좌표는 변화하지 않지만, 정신적 좌표는 변화합니다. **지금 내가 속해 있는 이 시간**으로부터 순식간에 멀어지면서 나는 나의 조건과 상황, 계급 등을 다른 방향에서 볼 수 있는 거리를 확보하게 됩니다.

전통적인 비물리적 이동 수단의 예시로는 책, 영화, 미술품과 같은 문화예술 콘텐츠가 있지만, 이러한 전통적인 수단을 통하지 않더라도 우리는 정신적으로 이동할 수 있습니다. 낮잠을 자고 일어나면 새로운 하루가 시작되었다는 느낌을 받을 수 있고, 훌륭한 커피를 마시고 나면 어렵게만 생각되었던 문제를 다른 시각으로 바라볼 수 있게 되기도 합니다. 내 안의 문제에만 골몰하고 있다가도 즐겁게 뛰노는 아이들이나 기지개를 펴는 길고양이를 보면 (마음의) 눈이 밖을 향하게 됩니다. 바람만 불어도 기분이 바뀌기도 합니다. 이런 식으로 이동은 어느 때에든 도처에서 발생할 수 있습니다.

다양한 삶의 요소에 의해 쉽게 이동하고, 쉽게 변화하는 존재로서의 자신을 잘 알고 있기 때문일까요. 우리-인간은 스스로의 정신적 이동을 촉발하기 위한 다양한 수단을 매번 새롭게 고안해 왔습니다. 정신을 환기하고 주제나 분위기, 사태를 전환하기 위한 지렛대로 사용되는 요소는 점점 다양해지고 있습니다.(그러나 이동 수단이 너무 많고 다양하기 때문에 어느 하나의 현실-현재에 집중하지 못하게 되었다는 시선도 분명 있습니다……. ADHD에 시달리는 사람들을 양산하는 환경이 만들어지고 있다고 볼 수도 있는 것입니다. 잦은 이동으로 인해 이동을 이동으로 인식하는 것조차 어려워진 것일 수도 있습니다. 어쨌거나) 인간의 역사를 이동 수단 개발의 역사로도 정리해 볼 수 있을 것입니다.

특별히 몇몇 최신 이동 수단에 대해 생각해 보자면,

①**핸드폰**은 당황스러울 정도로 (정체성의 측면에서) 안정성이 높은 이동 수단입니다. 사용자는 자신의 물리적·사회적·계급적 위치는 전혀 바꾸지 않은 상태에서 이동합니다. 이동은 이동이지만 충격은 거의 없습니다. 최소한의 노력으로 최대한의 위치 변화가 가능합니다.

침대나 소파에 누운 채로 이동할 수 있습니다. 퇴근길

지하철 안에서 머나먼 이국땅을 여행하는 영상을 보거나 게임을 하면서 직전까지 처리하던 업무를 잊어버리고 현실을 반전시킬 수 있습니다.

①핸드폰은 이 시간에서 저 시간으로의 이동 시간을 빠르게 단축시키고 있습니다. 우리가 이 이동 수단에서 접하는 콘텐츠의 지속 시간은 점점 짧아지고 있으며, 콘텐츠 전환 시간도 그렇습니다.

①최소한의 주의력과 에너지를 들이면 되기 때문인지 핸드폰을 이용한 이동이 일상을 뒤흔드는 경우는 거의 없습니다.

②이 지점에서 **자율주행 자동차**를 상용화하기 위한 시도를 생각해 보면, 인간이 꿈꾸는 편안한 위치 이동이 '자고 일어나니 부자가 되었더라'는 식의 터무니없는 환상에 가깝다는 걸 알 수 있습니다.

②자율주행 자동차가 제공하는 이동의 특징은 이동에 대한 실감이 거의 없다는 점입니다.

③변화가 발생하지만, 변화에의 실감은 없습니다.

우리는 기술을 이용하여 위험을 감수하지 않고도 변화를 경험할 수 있기를 바라는 (동화 같은) 소망을 어느 정도 실현시키고 있습니다. 이런 종류의 변화와 이동을 선호하는

건 위태로움이 동반되지 않는 편안한 여행을 선택하는
것과 같은 이유에서입니다. 일상이 흔들리지 않기 바라기
때문입니다.

그러나 우리가 간과하고 있는 이동의 특징이 하나
있습니다. 저쪽에서도 움직이는 것이 이동이라는 점입니다.

①우리는 우리가 움직여야만, 혹은 우리가 마음을
먹어야만 이동이 일어난다고 생각하며, 이 과정에서
나-인간만이 이동을 작동시키는 유일한 주체라고
믿습니다. 그러나 나-인간이 이동의 주체라는 믿음은
때때로 급작스럽게 무너집니다. 「사랑」의 아나가 겪은
것과 같은 믿지 못할 이동-당함으로 인해 **이 시간**은
붕괴됩니다. 나는 어느새 붕괴되어 있습니다.

②대체로 버스는 매우 안전한 이동 수단입니다. 아나는
평소와 같이 버스를 타고 집으로 돌아가던 중이었을
뿐입니다. 그러나 방심해서는 안 됩니다. 저쪽에서도
움직이는 것이 이동입니다. 이동은 불시에 침투합니다.

③나만 움직이는 게 아닙니다.

이 사실을 잊고 지내다 이동의 습격을 당하면 우리는
아나가 그랬듯이 지독한 혼란에 휩싸일 수밖에 없습니다.

시간 여행의 성격과 정도를 제어할 수 있다는 환상은 평시에 겪는 것과는 전혀 다른 종류의 이동이 일상을 뒤흔드는 순간 깨지고 맙니다. 위험한 이동은 상시 존재합니다.

저쪽에서도 움직이는 것

최근에는 VR이라는 새로운 이동 수단에 관심이 생겼습니다. VR은 영화와 비슷해 보이지만 사실 전혀 다른 이동 수단입니다.

①영화관의 관객은 스크린-벽에 영사되는 영상을 마주 봅니다. 관객과 영상의 거리는 적정 수준으로 유지됩니다.

①스크린의 시간이 관객의 시간과 물리적 층위에서 겹쳐지는 일은 없습니다. 저 시간(영화의 시간)은 이 시간(영화관이라는 현실의 시간)을 보존하는 한도 내에서 생각과 감정의 이동을 불러일으킵니다.

②그러나 VR 관객은 영상과 물리적인 거리를 둘 수 없습니다. VR 영상은 관객이 기기를 쓰는 순간 관객의 피부나 외투인 양 달라붙습니다. 틈이 없습니다.

②관객의 몸과 정신은 VR이 상영되는 스크린입니다.

②VR의 시간(가상 현실의 시간)과 관객의 시간(현실의

시간)은 물리적 층위에서 겹쳐집니다. 가상 현실의 시간은 관객이 발 디디고 있는 현실의 시간을 완전히 잠식하는 극단적인 방식으로 이동을 발생시킵니다.

　③VR을 통한 시간 이동은 도착적입니다.

　③기존의 이동 수단은 수단으로 남습니다. 나는 이동 수단을 통해 목적지에 도착합니다. 그러나 VR은 나를 이동 수단으로 삼은 뒤, 나를 이용해 가상 현실이라는 새로운 시간에 도착합니다.

VR의 관객은 VR의 시간이 지속되면 될수록 스스로가 평소에 시간 이동을 위해 사용해 온 도구와 같은 처지가 되었다는 걸 자각하게 됩니다. 영상이 재생 중인 핸드폰 액정, 영화가 흐르는 스크린, 소설이 적힌 종이나 마찬가지인 처지가 된 것입니다. 잘 만든 VR 작품은 관객이 기기를 입는 즉시 '이러저러한 일이 분명 저 시간(나의 몸과 정신이 아닌 시간)에서가 아니라 이 시간(나의 몸과 정신)에서 발생하고 있지만 나는 나의 이 시간으로부터 추방당했다'는 당혹감을 느끼게 합니다.

　나는 나의 시간으로부터 추방당했지만 그렇다고 해서 새로운 시간에 진입할 수 있는 것도 아닙니다. 나는 나의 시간(현실의 시간)을 벗었지만, VR의 시간(가상 현실의 시간)의

완전한 일원이 될 수 있는 것도 아닙니다. 이동을 감행했지만 목적지에 도달하지 못한 채 수단의 상태에 머물러야 하는 것입니다. 이것이 VR을 경험하는 관객이 겪는 (목적지 부재의) 가난이며, 이동 자체가 이동 주체의 자리를 차지하는 도착적이고 과격한 시간 이동입니다.

소리[1]

― 이옥경의 「소리 나누기」, 그 이후

소리에 무척 예민한 편입니다. 한번 소리가 들리기
시작하면 그것에 사로잡혀서 다른 일을 하지 못합니다.
소리에 걸려 넘어지는 경우가 많습니다. 그럴 때면
보이지 않는다는 이유로 이 사회가 소리의 영향력을 다소
과소평가하고 있는 건 아닐까, 하고 생각합니다.

소리의 영향력은 무척 큽니다. 카페나 길거리에서 쉼
없이 음악이 재생되는 걸 듣고 있으면, 사람들이 생각보다
다른 세계 ― 이세계(異世界) ― 의 침입에 대해 두려움이
없다는 생각을 합니다. 보이지만 않으면 괜찮은 걸까요?
그러나 두려움의 대상은 갈망의 대상이기도 하기에, 우리는

[1] 시 「유리코끼리 같아: 습성 편」에서 가져왔다.

다른 세계의 개입과 침략을 두려워하는 한편 늘 기다리고
소망하고 있는지도 모릅니다.

　음악은 우리가 소리의 급작스러운 침입에 대해 느낄 수
있는 극심한 양가감정을 완화해 주는 데 도움을 줍니다.
그것은 통제된 소리입니다. 소리이지만 소리만큼 위험하지
않습니다. 대부분의 경우, 음악-소리는 일상과 양립
가능합니다. 원하는 때에 원하는 만큼 원하는 방식으로 들을
수 있습니다.

　그러나 소리는…… 갑작스러운 침입이며, '존재하고
있음'의 강력한 주장입니다. 물론 우리는 애플 워치나
핸드폰, 휴대용 녹음기 등을 이용해서 소리 급습에 대처할
수 있습니다. 녹음을 하면, 지나치게 듣기 어렵고 낯설게
느껴지던 **무엇**으로서의 소리도 ①**어느 정도 감당 가능한
선에서,** ②**쾌적하고 편안한 때에,** 돌려 감거나 재생할 수
있습니다. 그러나 이와 같이 통제 가능한 영역으로 포획된
소리는 소리의 본성에서 멀어집니다.

　제가 생각하는 소리-소리는 분명 꿈으로 가는
통로입니다. 소리를 듣다 보면 그것이 저와는 다른 영토에
속해 있다는 느낌을 받습니다. 좋다거나, 즐겁다거나,
새롭다고 느끼는 건 그다음의 일입니다.

소리는 '소통'을 모릅니다. 그것은 일방적이며 폭력적입니다. 정체를 알 수 없는 괴상한 소리가 들려오면 반사적으로 주위를 살피고 그것의 진원지를 찾으려고 드는 이유는 그것이 무엇인지 알기 전까지는 마음을 놓을 수 없기 때문입니다. 물론 정체를 안다고 해서 그것과 소통할 수 있는 건 아닙니다. 그것은 소리이지 소통할 수 있는 대상이 아니기 때문입니다.

그것은 존재하지만 존재하지 않습니다. 존재하는 '자리'가 어디인지 알려 주지 않습니다.

관계 없음

우리-인간은 어떤 대상을 마주하면, 그 대상이 '나'와 특정한 관계를 맺으리라고 (무)의식적으로 믿는 경향이 있습니다. 그러나 관계 맺기를 거부하는, 혹은 관계 맺기가 무엇인지 전혀 모르는 차원의 대상이, 그러니까 대상으로서 존재한다는 것에 대해 완전히 무지한 존재로서의 소리가 있다고 저는 믿습니다. 그것은 나라는 존재 자체에 대해 의구심을 가지게 만들며, 두려움과 공포를 불러일으킵니다. 나는 투명 인간이 된 것일까? 내가 여기 존재한다는 걸 모르고 영원히 떠드는 세계의 소리. 소리들. 그들은 나를 개의치 않습니다.

소리는 자신의 존재를 자신의 바깥에서 입증 받아야
할 필요가 없다는 점에서 영화의 등장인물과 유사합니다.
영화의 인물은 영화의 밖을 의식하지 않으며, 의식할 수도
없습니다. 마찬가지로 소리는 소리의 바깥, 즉 현실의 '나'가
속하는 세계를 의식하지 않으며, 의식할 수도 없습니다.
인간적 층위에서의 세계를 필요로 하지 않으며, 관계를
필요로 하지 않습니다.

나만이 관계를 필요로 한다는 데에 생각이 미치면 나는
극심한 비통함을 느낍니다.

저는 아돌포 비오이 카사레스의 소설 『모렐의 발명』의
주인공이 느끼는 비통이 이와 같은 극단적으로 인간적인
성격의 것이라고 생각합니다. 주인공은 부재하는 세계에
붙들린 자입니다. 그는 그가 보고 듣는 세계가 자신이 속해
있는 세계와 동일한 차원에 있다고 착각하면서 '어째서
그들과 교류할 수 없는지, 어째서 그들은 자신이 하는 말이나
행동에 그토록 쌀쌀맞은 반응만을 보이는지'에 대해 애타게
궁금해합니다.(무인도에서 헤매던 주인공이 마주한 이 신비하고
무정한 세계는 영사기와 비슷한 발명품에 의해 생생하게 기록된
후 영원히 반복적으로 재생 중인 환영의 세계라는 사실이 소설

후반부에서 밝혀집니다.) 그가 발견한 새로운 세계는 들리기도 하고 보이기도 하지만 그의 현실-세계에는 속하지도 겹쳐지지도 않는 세계입니다. 생생하지만 닿을 수는 없는 꿈이나 소리와도 같이 말입니다.

주인공의 비통은 이세계(異世界)의 인물과 일방적으로 감정적인 관계를 맺고자 하는 헛된 시도에서 비롯합니다. 개입할 수 없는 세계와 사랑에 빠진 것입니다. 소리와의 관계 맺기(에의 시도)도 이와 같은 이루어질 수 없는 사랑에 가깝습니다. 소리와 적절한 관계를 맺을 수 있으리라고 생각하는 건 착각일지도 모릅니다.

그러나 한편으로 착각은 관계 맺기가 불가능한 대상, 관계성을 모르는 대상과의 관계 맺기를 가능하게 해 주는 수단이기도 합니다. 우리는 소리에 대한 착각을 기반으로 음악을 창작하고, 시간에 대한 착각을 기반으로 너와 만납니다. 영화를 만듭니다. 어쩌면 『모렐의 발명』의 주인공 또한 착각이 선물하는 관계성을 기대하고 있었는지도 모릅니다. 그것만이 무인도에 떨어진 그가 품을 수 있는 유일한 소망이었을 겁니다. 그러나 소설은 비극적인 정조를 극대화하는 방향으로 나아가면서 이 소망을 앗아갑니다. 때때로 길은 없습니다.

우리는 우리의 의미 체계가 통하지 않는 시공간을, 그

시공간을 감각하게 만드는 대상을 두려워하고 피하는 그만큼이나 필요로 합니다. 승인을 기다리지 않는 대상을 원하고 기다립니다. 인간은 인간으로서 겪을 수 있는 모든 종류의 슬픔과 분노와 부재를 기꺼이 겪고자 하는 기이한 욕망을 가지고 있는 게 분명합니다.

장소 없음

소리의 장소 없음은 드라이브(기분 전환을 위해 자동차 따위를 타고 돌아다님)와 닮았습니다. 드라이브는 목적지를 가지지 않습니다.

우리는 출발해야 합니다. 이것이 글쓰기의 정체입니다. 시작하기죠. 행동과 인내와 관련이 있습니다. 꼭 목적지에 닿는다는 뜻은 아닙니다. 글쓰기는 도착하기가 아니니까요. 대체로는 도착하지 않기입니다.[2]

소리도 마찬가지입니다. 소리의 정체는 시작하기이며, 행동과 인내와 관련이 있습니다. "꼭 목적지에 닿는" 것이

2 엘렌 식수, 신해경 옮김, 『글쓰기 사다리의 세 칸』(밤의책, 2022), 61쪽.

소리의 목적은 아닙니다. 글쓰기와 마찬가지로 대체로 소리는 도착하지 않기, 끊임없이 시작하기입니다. 저는 이 사실을 이옥경의 「소리 나누기」 워크숍에서 새삼 깨달았습니다. 이날 소리는 검은 도로를 끝없이 달리(며 다가오는 경로를 전부 집어 삼키)는 드라이브라는 행위와 그 행위를 즐기는 두 사람을 연상하게 했습니다.

왜였을까요. 앞서 말했듯 드라이브는 ①이동만을 유일한 목적으로 삼으며, ②"목적지에 닿"는 순간을 유보한다는 점에서 소리와 닮았기 때문입니다. 드라이브의 목적은 도착이 아닙니다. 헤매는 것, 돌아다니는 것이 드라이브의 즐거움이며 임무이고 본성입니다.[3] 차의 바퀴가 도로면에 닿는 매순간을 새로운 출발로 명명하는 일, 그것이야말로 진정한 드라이브입니다. 따라서 드라이브(drive)의 또 다른 뜻이 충동인 건 어찌 보면 당연합니다. 충동은 그 자신의 성격인 충동성을 유지하는 것만을 목적으로 삼습니다. 진정한 충동은 대상을 목적으로 삼지 않고, 대상을 바라지도 않습니다.

드라이브와 소리(라는 비인간 주체)가 공유하는 또 다른 특징이 있습니다. ③자기 자신의 '정주 가능성'을 끝없이

---

3 짐 자무쉬의 영화 『미스테리 트레인』이 떠오릅니다.

지워나간다는 점, 즉 자신의 소멸을 다급하게 갈망하고
부른다는 점이 그것입니다. 밤길을 달리는 차체는
공간에서 공간으로 아주 최소한의 자리만을 차지하면서 그
자신을 이동시키고, 그 자신을 이동시키는 동시에 직전에
탄생한 길과 길에 대한 기억을 지워 버립니다. 장소와
정체성을 가지지 않기. 이야기(역사)의 생성을 최대한
지연하기. 즉흥은 이런 식으로 탄생합니다. 태어나는 순간
소멸합니다.

　이런 방식으로만 존재할 수 있으며, 이런 방식으로만
존재하고자 하는 것에는 소리 외에도 사랑이 있습니다.
사랑에 빠진 사람들이 드라이브를 즐기는 이유는, 이 세계에
그들을 위한 장소가 없을 뿐만 아니라 그들이 장소를
필요로 하지 않기 때문입니다. 그들은 영원히 달릴 수 있을
것만 같다는 착각에 빠집니다. 장소와 정체성을 가지지
않기. 미루기. 사랑이라는 영역 안에서 매순간 스스로를
잃어버리기. 착각의 선물에 힘입어 즉흥의 시간, 겨우
소리 정도만이 존재할 수 있을 법한 비인간 주체의 상태에
머무르기 위해 노력하기.

　만약 먼 미래의 어느 때에 "오직 사랑하는 이들만이
살아남는다[4]"면, 그 이유는 아마도 그들이 장소를 필요로
하지 않기 때문일 것입니다. 그리고 정주할 장소를 필요로

하지 않는 홈리스(homeless)는 통상적인 의미에서 지속
가능한 종류의 인간이 아닙니다.

이것이 즉흥이며, 소리의 존재 양태이고, 드라이브이며,
장소 없음이고, 영원한 이동입니다.

번외: 영화관에서의 일

영화관에서 영화를 보는 관객의 얼굴은 드라이브를
하는 이의 얼굴과 비슷합니다. 영화를 보는 일은 앉은 채로
출발하는 일이기 때문입니다.

우리-인간은 움직이지 않으면서 움직이는 방법을
발명해왔습니다. 집 안에서 꼼짝하지 않고도 술을 마시면
기분을 전환할 수 있습니다. 앉은 채로도 영화를 보면서 꿈을
꿀 수 있습니다. 핸드폰만 있다면, 앉아서도 누워서도 수백
번은 생각과 감정을 바꿀 수 있습니다.

영화를 보는 동안 우리는 매순간 다른 시간과 공간으로
이동합니다. 드라이브합니다. 우리는 우리를 모르고,
우리는 우리를 잊어버리고, 세계의 밖으로 나아갑니다.
관객의 얼굴 위로 번쩍이는 변덕스러운 영화의 푸른빛은

---

4 짐 자무쉬의 영화 『오직 사랑하는 이들만이 살아남는다』(2013)

한없이 내달리는 드라이버의 얼굴을 감싸는 빛과 무척이나
닮았습니다.

(비)장소로서의 소리가 할 수 있는 일의 예시

소리는 관계를 가지지 않고, 장소를 가지지 않는다.
맞습니다. 그러나 소리는 한편으로 분명한 (비)장소를, 장소
아닌 장소를 가집니다. 단, 소리의 장소는 일반적인 장소와는
달라서 부피가 없는 기묘한 틈새이며, 좁은 문입니다. 여는
즉시 아무것도 보여 주지 않고 사라지고 말지요. 바로 이러한
특성이 있기에 **소리는 트라우마를 위한 장소, (보이지 않는)
제3자를 위한 장소**가 될 수 있습니다.

예술 작품은 보이지 않는 소리의 장소를 감각할 수 있는
장치를 마련함으로써 평소라면 의식하지 못했을 소리의
본성을 상기시킵니다. 두 개의 작품이 떠오릅니다. 장 뤽
고다르의 영화 「할 수 있는 자가 구하라」의 첫 장면. 전화를
하고 있는 남자 주인공을 방해하는 노랫소리가 들려옵니다.
한 여성이 노래를 부르는데, 모습은 보이지 않습니다.
주인공이 여자에게 '제발 좀 조용히 하라'며 타박을 주자
노랫소리는 잠시 멎습니다. 그러나 그가 방을 나서자마자,
소리는 다시 시작됩니다. 크게. 생생하게.

우리-관객은 주인공이 듣지 못하는 노랫소리를 듣습니다. 그 이유는 우리가 제3의 위치, 즉 영화의 입장에서는 전혀 현실에 속하지 않는 장소인 '영화관'에 앉아 있기 때문입니다. 여기서 '영화관'은 원래대로라면 누설되어서는 안 되는 (영화의) 세계와 (영화의) 현실이 누설되는 비밀 장소, (영화의 현실에서는 보이지 않는) 제3의 장소입니다. 백화점에서 업무를 보는 주인공이 여자의 노랫소리를 들을 수 있을 리가 없습니다. 노래가 주인공의 머릿속에서 따라다닌다고 말할 수도 있겠지만, 그렇게 말하기에는 우리-관객에게 들리는 노랫소리가 너무나도 신명하고 큽니다. 노랫소리는 주인공의 입장에서만 비현실이며 은유일 뿐, 관객에게는 완벽한 현실입니다.

소리는 들리지 말아야 할 장소에서도 들립니다. 들리지 말아야 할 장소까지 침입합니다. 소리는 주인공의 시간으로 선택되지 못한 나머지 현실의 누수입니다. 관객은 눈으로는 주인공의 시간을 감각하고, 귀로는 주인공이 되지 못한 시간을 듣습니다. 눈앞을 장악한 현실과 싱크가 맞지 않는 소리는 여전히 살아 있는 보이지 않는 것, 즉 현실이 될 수도 있었을 (비)현실을 생생하게 존재하게 합니다. 적어도 이 순간과 장소에서 현실은 두 개 이상인 것입니다.

김희천의 VR 작품 「사랑과 영혼」[5]에서도 소리는 특별한 역할을 하고 있었습니다. 두 사람이 대화를 나눕니다. 한 사람이 다른 사람에게 어디선가 전해 들은 이야기를 들려주고 있습니다. 이때 관객의 눈앞에서 상영되는 가상 현실(Virtual Reality)은 이야기를 주고받는 두 사람의 모습을 보여 주는 게 아니라, 두 사람이 주고받는 '어디선가 전해 들은 이야기와 그 이야기의 주인공인 제3자'를 보여 줍니다. 나–관객이 볼 수 있는 건 소리가 속한 현실이 아니라, 소리가 속한 현실에서도 '이야기'이며 '소문'으로 취급되는 것의 재현, 즉 가상 현실입니다.

두 사람 중 한 사람이 전해 주는 이야기는 바벨을 들다 말고 무게를 이기지 못해 쓰러진 한 사람이 중추신경에 심각한 손상을 입어 영원히 하반신 마비 상태로 지내게 되었다는 내용입니다. 관객이 보는 건, 뭉개진 픽셀을 통해서 재현되고 있는 사건의 현장입니다. 사건 당사자의 아바타가 텅 빈 헬스장에서 바벨을 들다 말고 쓰러지는 행위를 반복합니다.

이때, 관객은 '타인의 대화를 엿듣는 위치'와 '가상 현실(비극)에 손대지 못하는 위치'에 동시에 있습니다. 그는

5   2021년 옵신페스티벌 위촉 작품. 문화역서울 284 협력 전시 「가상정거장」에서 처음 상영되었다.

VR 기기를 쓰는 순간부터 본의 아니게 (소리의) 현실이 누설되는 비밀 장소, 틈새, 제3의 장소에 위치합니다. 움직일 수 없습니다. 소리 도둑인 나-관객이 목도하는 건 어느 현실 층위에서든 나의 일은 아닌 것, 나에게는 일어나서도 안 되고 일어날 수도 없는 것, 즉 당사자의 일이 아닌 것으로서의 비극입니다. 현실과 거리가 먼 제3의 장소이자 시간으로서의 트라우마 말입니다.

저는 이 작품을 보면서, 소리가 눈에 보이지 않아서 현실로서 인정받지 못하는 것, 즉 비현실이나 가상 현실로 어겨지는 것을 위한 (비)장소가 되어 준다는 걸 새삼 깨닫습니다. 나를 아는 체도 하지 않으며 개의치도 않는 두 사람의 대화 소리는 '나'가 소리와의 관계에 있어서 언제나 주체의 자리에서 밀려난다는 점을, 항상 훔쳐 듣는 입장에 있을 수밖에 없다는 점을 알려 줍니다. 소리와의 관계에서 나는 항상 무력할 수밖에 없으며, 유령일 수밖에 없습니다.

그리고 바로 이 장소, 내가 나라는 사실이 무화되는 **소리의 장소**에서만이 타인의 트라우마를 느낄 수 있습니다. 소리를 통해서만 있어서는 안 되는 자리 — 이 작품에서는 가상 현실(비극)이 그곳입니다 — 에 일시적으로나마 서 있을 수 있는 것입니다.

말[1]

저 같이 이렇다 할 취미가 없는 사람은 무엇을 하면서 긴장을 해소할까요? 간단한 방법이 있습니다. 바로 말도 안 되는 말을 주고받는 것입니다.

특별한 의도나 메시지를 담지 않은 **나만의 말(U)**을 주고받는 걸 좋아합니다. **기존에 존재하는 말을 가져와서 의도나 메시지를 지우고(A) 돌처럼 굴리거나, 기존에 존재하지 않는 말(B)**을 즉흥적으로 만들어 내서 굴립니다. 후자의 경우는 특별한 의도나 메시지가 없는 말도 안 되는 말을 마음대로 만들어 내서 입 밖으로 내는 일입니다.

---

[1] 시 「추신: 뒤에 덧붙여 말한다는 뜻으로, 편지의 끝에 더 쓰고 싶은 것이 있을 때에 그 앞에 쓰는 말.」에서 가져왔다.

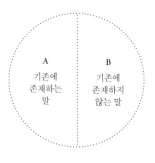

[그림] 특별한 의도나 메시지가 없는 말 U

B는 특별한 의도나 메시지가 없이 놀이의 도구로서 사용하기 위해 기존에 존재하지 않는네 시어낸 말의 집합입니다. A는 기존에 존재하는 말이지만, 놀이의 도구로 사용하기 위해서 특별한 의도나 메시지를 담지 않은 말의 집합입니다. A와 B는 '특별한 의도나 메시지를 담지 않은 나만의 말(U)'의 부분집합입니다(A⊂U, B⊂U, {A∪B}=U). 재밌는 점은 A에 속하는 말, 즉 기존에 존재하는데 말인데 놀이의 도구로 사용하기 위해서 의도나 메시지가 없는 말로 전용한 말이 쓰면 쓸수록 기존에 존재하지 않던 말(B)에 가까워진다는 사실입니다. 뿌리를 A에 두고 있는 원소 말(言)이 B로 소속을 전향하려는 성향을 보이는 것입니다.

사실 모든 기성 단어가 사용자인 나의 의사만 확고하다면, 놀이의 도구로 사용되기 위해 기존의 용도를 버린 말의 집합(A)에 속할 수 있습니다. 그러나 저는 이 말놀이, 즉 말도 안 되는 말을 주고받는 일을 머리를 식히기 위한 취미로 삼고 있기 때문에 일상에서 통용되는 언어 질서를 무너뜨릴 생각은 하지 않습니다.

따라서 저는 기성 단어 중에서 비교적 주변 맥락과 연결성이 약한 방식으로 사용되는 의태어나 의성어를 말놀이에 주로 사용합니다. 제가 사용하는 A의 예시입니다. 혼자 있을 때면, 상황이나 처지에 그다지 어울리지 않아도 아무 의태어나 의성어를 선택한 뒤 반복해서 입 밖으로 내뱉어 긴장을 완화시킵니다. 개 짖는 소리를 실감나게 전달하고자 한다거나 밖에서 뭔가가 떨어지면서 큰 소리가 났다는 걸 전달하고자 하는 등의 기존의 목적과는 다르게 사용하는 것입니다. 기존에 존재하던 말임에는 분명하지만, 발화 시점과 방법이 (남들이 보기에는) 이상할 수 있습니다.

B는 기존에 존재하지 않는 단어의 집합입니다. 상황에 맞게 기분이 내키는 대로 만들어 냅니다. 최근에 만들어 낸 말 중 하나는 '징글파'입니다. '징그럽게 아프다'는 뜻입니다. 집안일을 하다가 손가락을 베였는데 죽을 만큼 아픈 건 아니었지만 종일 신경이 쓰였습니다. 잊을 만하면 아파서 이걸 뭐라고 부르기라도 해야 긴장이 해소될 것 같다고 느꼈습니다.

스스로 지어낸 말도 안 되는 말(B)을 사용하는 경우, 저는 긴장을 해소할 뿐만 아니라 뜻 없는 행위를 가볍게 반복하는 데에서 오는 즐거움을 느낄 수 있습니다. 가벼운 놀이 감각을 느낄 수 있는 것입니다. 그러나 약속을 정하지 않는 이상, 즉 말도 안 되는 말의 뉘앙스를 사전에 알려주지 않는 이상, 낯선 이와 해당 조어를 이용하여 의사소통을 할 수는 없습니다.

그러나 놀이를 하는 건…… 가능합니다. 놀이는 '즐겁게 노는 일'이므로, 듣는 이가 B의 의미나 사용 방법을 모르는 상태에서도 그것을 반복해서 중얼거리며 즐거움이나 편안함을 느끼면 됩니다. 이것이 한숨을 쉬거나 하품을 하거나 콧노래를 부르는 등의 긴장 해소 행위와 유사하다고 저는 느낍니다. 그래서인지 말도 안 되는 말은 생각보다 쉽게 전염됩니다. 제가 만들어 낸 말도 안 되는 말을 톤이나 뉘앙스만 다르게 해서 여러 번 따라 하는 지인이 있습니다. 물론 A보다는 B가 놀이 도구로서 전염되기 쉽습니다. A는 기존에 존재하는 말로, 놀이 도구로 이용되고 있는 지금 이 순간 동안만 용도가 달라진 것이기에 사정을 모르는 사람에게는 놀이 도구가 아닌 평소의 단어로 들릴 가능성이 높습니다. 그러나 B는 첫인상부터 다릅니다. 존재하지 않는 단어임이 명백합니다.

말도 안 되는 말

다음은 이 글을 쓰기 위해 작성한 메모 중 일부입니다.
"징글파, 같은 말을 잘 만들어 내는데 '징그럽고 아파'라는
뜻이다. 아니면 '징그럽게 아파'라는 뜻. 손을 다쳐서 며칠
고생했다. 버스를 타고 가다가 갑자기 징글파, 하고 말한다.
그게 무슨 뜻인데. 친구가 물으면 설명을 해 주는데……
사실 이런 단어는 코에 걸면 코걸이, 귀에 걸면 귀걸이야.
정해진 뜻이 있는 건 아니지. 징글파는 징글파지. 난 이걸
설명하기 위해 말의 회로 비슷한 걸 뱅뱅 돌리다가 정확한
경로를 잃고 내 안으로 침잠한다. 말은 말대로 하고 있지만
정신은 다른 곳에 가 있다. 정신 집중이 필요한 종류의
말하기가 아니니까. 그러나 내가 이렇게 말도 안 되는 말을
하고 있다는 걸 의식하고는 있다. 긴장이 해소된다. '이런
놀이라도 해야 하지 않을까?' 스스로에게 작은 이유 같은 걸
붙이면서."

해소를 위한 말이 말도 안 되는 말이어야 하는 이유를
이 메모에서 알 수 있습니다. **①언제 사용하더라도 타인이
의도나 의미를 눈치 채지 못해야 하기 때문입니다.** 정신을
잃은 상태에서 중얼거려도 괜찮은 말이어야 합니다. 자다가
중얼거려도 괜찮은 말이어야 합니다. 그래야 반복해도
무해하기 때문입니다.

그러나 해소를 위한 말이 말도 안 되는 말이어야 하는 이유는 단순히 말놀이에 따르는 위험도를 낮추기 위해서만은 아닙니다. ②**말로부터 오는 긴장은 말을 통해서만 해소할 수 있기 때문입니다.** 말로부터 오는 긴장은 말을 통해서만 제대로 해소할 수 있습니다. 말을 통하지 않고도 해소할 방법이 없는 건 아니라는 생각이 들지만 결국엔 말로 인해 겪은 고통은 말로 치유할 수밖에 없습니다. 이 사실로 인해 말에 대한 애증이 증폭되기 때문에…… 말을 골려 주지 않으면 안 되는 것입니다. 따라서 말이지만 말이 아닌 말은 말을 말의 본래 용도에서 빼앗습니다. a이지만 a가 아닌 a는 a를 본래의 a로부터 빼돌립니다. a이지만 a가 아닌 상태에 머무르게 합니다. 무슨 말이야? 상대방은 묻지요. 말은 말로 남아 있지만 더 이상 말이 아닙니다.

해소를 위한 말

한숨, 하품, 콧노래, 다리 떨기가 아니라 (말의 외투를 지니고 있지만) 말도 안 되는 말을 통해서만 해소가 가능한 긴장에는 무엇이 있을까요? 몇 가지가 있겠지만…… 아무래도 가장 주요한 건 아픔에서 비롯한 긴장이 아닐까 싶습니다. 정확히는 아픔을 누구와도 공유할 수 없다는

당연한 사실을 매번 새롭게 받아들이는 데에서 비롯한
긴장일 것입니다. 나도 알아. 아픈 건 나만 느낄 수 있는 거야.
그리고 나만 느낄 수 있는 걸 공유하는 방법은 사실 없지.
공유할 수 있다고 믿는 척을 할 수 있을 뿐입니다. 말을 하지
않는 척하면서 말을 하거나 말을 하는 척하면서 말을 하지
않으면서요.

쓰는 방법[1]

— 다시 쓰기에 대하여

모든 쓰기는 다시 쓰기일 뿐이라는 말이 있다. 내 생각에
이 말은 하늘 아래 새로운 것이 존재하지 않는다는 걸
강조하기 위한 수사가 아니다. 오히려 반대다. 다시 쓰면
쓸수록 글은 달라진다. 글은 두 번 다시 똑같은 걸 만들어
낼 수 없다. 글쓰기를 통해서 어떤 것 ── 추억, 풍경, 정념과
같이 내가 늘 잃어버렸다고 느끼는 것 ── 을 최대한 똑같이
복기하려고 해도 소용없다. 어느새 글은 자기 자신만의
작동 방식을 갖춘 '하나의 세계'가 되어 버리고 만다. (그러지
말라고 애원하여도) 자율성을 획득한다.

따라서 받아쓰기는 받아쓰기에 머무르지 않거나

[1] 시 「산업과 운명」에서 가져왔다.

머무르지 못하고, 창조하기가 된다. 이것이 글쓰기의
숙명이다. 비자발적으로 자율성을 획득하는 것. 원한 적
없는 몸을 갖게 되는 것. 하나의 온전한 개체로서 닫히는
것. 그리워하던 것과는 영원히 하나가 될 수 없는 것,
독립 말이다……. 따라서 쓰기는 멀어지기이다. 혹은
멀어지기에의 의지. 같아지려는 시도를 통해 달라지고야
마는 일이다. 매번 미묘하게 다른 새로운 것을 생산해 내는
일. 그것이 **다시** 쓰기이다.

이것이 내가 제목은 동일하지만 본문은 조금씩 다른
작품들을 쓴 이유일 것이다. 세 번째 시집 『별세계』에 실린 두
편의 서로 다른 「인터뷰의 길」이 한 예다. 동일한 제목으로
두 개, 세 개 혹은 열 개의 시를 쓰는 일은 '아무리 같아지려고
노력해도 같아질 수 없다는 것'을 받아들이기 위한 제의다.
두 번, 세 번이고 열 번이고 되돌아와 들여다보아도 같아질
수 없는 것. 저 풍경, 사진, 사람. 나를 완전히 장악했지.
거기서 알 수 없는 (삶에 대한) 확신을 얻었지만.
　대상을 글쓰기를 통해서 되살리려는 노력은 번번이
실패한다. 죽은 얼굴을 되살리기에 실패하는 것이다. 그러나
그렇게 해서 완성된 글은 그 자체로 세계의 일부가 된다.
애도는 내가 생각한 방식이 아니라 전혀 다른 방식으로

완성되는 것이다.

　최근에는 소설 「기행 소설 이야기: 그 건물」[2]을 발표했다. 작년 초 다녀온 여행을 쓴 것이다. 내가 하고 싶었던 건 있었던 일을 그대로 '다시 쓰는 것'이었다. 그러나 나는 '다시 쓰는 것'이 실패하리라는 걸, 이 시도가 곧 소설이 되리라는 걸 알고 있었다. 글이 내가 겪었던 과거와 최대한 같아질 수 있도록 도왔으나, 그것은 완벽히 독립했다.

2　문학잡지 《숨》 2023년 가을호에 발표했다.

후프[1]

— 기괴한 글쓰기

얼마 전 동생이 사진 한 장을 보냈는데 그게 내
머릿속에서 사라지지 않고 오히려 점점 더 커져서 견딜 수가
없었다. 그건 평범한 원룸 창문에 매달려 있는 황토색 벌집을
찍은 사진이었다.

벌집이 어떻게 생겼는지 정확히 알지는 못해 그래도
사진이나 육안으로 스치듯 본 적이 있으니 **모르는 건
아니**라고 생각했는데 내 착각이었다. 그게 벌집이 맞다는
걸 다른 가족 구성원이 확인해 주었지만 난 어떤 의미에서는
믿을 수가 없었다. 그건 벌집이지만 벌집이 아니었다.
벌집이라는 단어를 쓴다고 그저 지나칠 수 있는 존재가

[1] 시 「추신: 뒤에 덧붙여 말한다는 뜻으로, 편지의 끝에 더 쓰고 싶은 것이 있을
때에 그 앞에 쓰는 말.」에서 가져왔다.

아니었다. 그건 내 안에서 똬리를 틀어 버렸고 단어가 아니게 되어 버렸다.

동생의 말마따나 정말 '징그러웠다.'

왜지? 왜지? 왜지? 이 질문만 동동 떠다녔다. 내 정신은 괴로움으로 진입해 버렸다. 지우려고 해 봐도 소용이 없었는데 그것이 이미 내 머릿속 귀퉁이에 견고하게 자리를 잡았기 때문이었다. 긴 대롱 같은 게 여러 개 붙은 채로 하나의 형상을 이루긴 했지만 달리 보면 각기 따로 노는 이상한 물체처럼도 보였고…… 그러나 얼핏 (육안으로 말고 이미지의 눈으로) 다시 보면 그게 그것이 아닌 것이. 긴 대롱보다는 구멍이 뚫린 황토색 작은 물체가 여러 개 접착되어 적당한 두께의 **장소**가 되어 가고 있었다. 글을 쓰고 있는 지금도 속이 메슥거린다.

그것은 창문과 창문의 사이에 위치해 있다. 공간적 제약 때문에 아주 입체감이 있지는 않지만. 틈새에 위치해 있기 때문에, 틈새 때문에, '적당히' 견고해 보인다.

그것을 길 가다 보았더라면 이토록 괴롭지 않았으리란 걸 알고 있다. 그것 ― 침입자 ― 이 나를 이토록 공포에 떨게 만든 건, 너무 얌전했기 때문이다. 황토색은 얌전한 색이고,

적의를 불러일으키지 않는다. 그런데 바로 그 점이 적의를 일으킨다. 적의를 일으키지 않고 조용히 살아가려고 하는 점이. 거기 숨어서 조용히. 보일 듯 보이지 않는다는 점이.

그러나 이것도 충분한 이유는 못 되는데 왜냐하면 길을 가다가 보일 듯 보이지 않는 이 벌집을 발견했더라면, 잠시 멈춰 서서 구경을 하긴 했겠지만 이토록 소름끼쳐 하지는 않았을 테니까. 난 벌 자체를 그렇게까지 무서워하지 않는다.

그럼 내가 무서워하는 건 벌집인가 벌집의 이미지인가 벌집의 사진인가 벌집이 집 안의 구석에 고요히 위치해 있다는 사실인가. 뭐냐면, 내가 견딜 수 없는 건, 그것이 거기서 그렇게 생긴 상태로 존재한다는 사실. 그리고 그 사실이 사진으로 박제되었다는 사실. 사진이 무언가를 완전히 정지시켜 버렸고, 그 정지를 내가 감각하고 말았다는 사실이다. 견딜 수가 없다.

벌 한 마리 보이지 않고. 고요하다. 당연하다. 사진이니까 소리가 있을 리 없다. 사건이 일어날 리 없다. 그런데 나는 바로 이 사실, 그러니까 어떤 사건 — 벌떼가 튀어나온다든가 하는 것 이상의 어마어마한 — 도 일어나지 못할 것이 확실하다는 사실에 압도당한다. 불안에 휩싸인다. 말할 수도 알 수도 없는 불길한 사건이 직전에 일어났거나 일어나기 직전이고, 그 긴장감이 커진다.

난 이런 이유를 붙이기는 했다. 그게 너무나도 빠른 속도로 상상력을 자극했기 때문에.

여기 있어서는 안 될 것이 있다, 는 사실을 견디기 어렵다. 당연하다. 이 집은 내 집이고, 여기서 **나**는 인간이니까. **너**가 들어온 거잖아. 나도 모르는 사이에 집도 짓고, 짝짓기도 하고, 새끼도 키우고, 식량 비축도 하고 그런 거잖아. 네가 다른 곳에서 그러는 건 상관없어. 그런데 여기서 그러고 있는 거 정말 견디기 힘들어. 나와 겹치지 않는 방식으로 이 공간을 작동시키고 있었다는 거잖아. 게다가 지금은 조용하다.

나는 이렇게 쓰지만 충분하지 않다는 걸 안다. 그냥 그 모양이 싫었다. 싫었어. 왜 전혀 예상치 못한 방식으로 붙어 있는 거야? 어째서 그냥 놓여 있는 것도 아니고 '붙어' 있는 거야?

너무 강렬하다.

달라붙어서, 그것도 아주 얌전한 색상으로 말이야.

영원히 떨어지지 않을 것처럼 붙어 있고, 갑자기 발견되고. 그게 내 숨통을 조이는 것 같다. 사진 한 장일 따름인데.

직접 봤다면 이 정도로 괴로웠을까? 아니. 잘 모르겠다.

왜 이 사진에 대해 글을 써야 한다고 생각했냐면, 이 사진 속의 벌집은 벌집이라는 단어가 일반적으로 함의하고 있는 의미로서의 벌집이 아니었기 때문이다. 나에게 그건 어떤 의미에서는 전혀 벌집이라고 부를 만한 게 아니어서. 공포여서. 그리고 그런 게 사진이라고 불리는 무언가의 표면을 비집고 나와서 나를 완전히 장악하는 경험이 드물기 때문에.

희소하다는 이유만으로 말할 가치가 있을까? 내 대답은 그렇고, 또 그렇지 않다는 것이다.

*

조금 복잡해지겠지만 여기 이야기의 문제가 겹쳐져 있다. 음, 이야기.

난 내가 쓴 게 이야기면서 이야기가 아니라고 생각하는데, 진실이기 때문이고, 그러나 진실이기 위해서 여러 가지 단어와 단어-효과를 믹스 매치하여 가져다 썼기 때문이다. 가장 적절한 단어 뚜껑을 가져다가 종이 위에 덮어 준 셈이다.

여기서 이야기라는 건 서사라고 불리는 것 이상(이거나 이하)이다. 이야기는 뭐랄까 우리가 진실이라고 부르는 것 — 그것이 존재하기나 한다면 — 을 제외한 전부다.
진실의 외피, 진실의 외투, 그런 거.

그냥 내가 느낀 것을 말하는 것. 거짓말은 하지 않는 것.
그런데 이 원칙을 지키기 위해서는 왜곡이라는 이름의
거짓말을 해야 한다는 것. 그런 진실의 굴레가 여기 돌아가고
있다. 새로울 건 없다.

*

내가 왜 그 특정한 벌집을 견딜 수 없게 미워하게
되었는지 설명하는 일을 성공시키기 위해서는 다시 사진을
들여다보면 될까?

아니, 아니다. 나는 확신한다. 지금 메시지 창을 열어서
동생이 보낸 사진을 본다고 한들 내가 쓰고자 하는 모든 걸,
내가 쓰고자 한다고 믿는 진실을 거기-사진에서 길어 올릴
수는 없을 것이다. 그건 어디에 있냐면 여기 있다. 이 표면에,
종이라는 이름의 표면에.

이것이 글쓰기의 알쏭달쏭한 매력이고, 공포다.

토할 것 같은 격렬한 감정이 서서히 가라앉는 걸 느낀다.
그건 아무것도 아니었다. 그저 보리라고 예상하지 못한,
그리고 본 적이 없는 낯선 무엇.

게다가 지금 내 곁에 있는 것도 아닌.

그러나 그게 무엇인지 탐구하고자 하면 영원이라는
시간이 필요할 것만 같은 아주 매혹적인 형태의 무엇. 그러나
질문과 발작이 전부다. 그게 거기 왜 있어?

맞다. 이제 그건 사라졌다. 여기 묻혔고, 다시 읽으면
때때로 어렴풋한 유령처럼 되살아나기는 할 것이다.

말[1]

이 글의 또 다른 제목은 '리얼: 복잡한 현실'입니다. 스티븐 스필버그의 영화 「뮌헨」을 보았습니다. 주인공은 출산을 앞둔 아내를 홀로 남겨 두고 조국을 위해 비밀 임무를 수행하기로 결심합니다. 대체 어떤 강력한 동기가 있길래 사랑하는 가족을 두고 생사를 기약할 수 없는 길을 떠나는 걸까, 쉽게 이해하기 어려운 상황이기에 저는 주인공이 이유를 알려 줄 것이라 생각했습니다. 이유가 그럴듯하면 '영화에 개연성이 있다', '말이 된다'고 말하고, 그럴듯하지 않으면 '개연성이 떨어진다', '말이 안 된다'고 말할 수 있습니다.

[1] 시 「103호 몽테뉴브릭」에서 가져왔다.

그러나 예상외로 주인공은 별다른 해명이나 설명을 하지 않고 미션을 수행하러 갑니다. 그가 임무를 받아들일지 말지를 고민하는 장면에 소요된 러닝 타임은 길어 봤자 1분 정도입니다. 심지어 임무 착수 준비와 실행에 소요되는 러닝 타임도 영화 전체 분량을 고려하면 그다지 길지 않습니다. 주인공과 주인공의 팀원은 암살 경력이 전혀 없음에도 보는 이가 납득하기 어려울 만큼 빠르고 쉽게 표적을 찾아내고 살해합니다. 이쯤 되면 '뭐지? 미션 수행은 이 영화의 주제가 아닌 건가?'라고 생각하게 됩니다.

영화는 어설픈 암살 시도가 연속하여 성공하는 장면을 보여 줌으로써 주인공이 숙련된 암살자인지 아닌지에 대해 논하는 것이 자신의 관심사가 아님을 분명히 합니다. 미션은 예정대로 성공할 것이고, 때가 되면 실패할 것입니다. 영화는 개연성은 선택의 문제임을 보여 줍니다. 누군가가 말도 안 된다며 너털웃음을 터뜨릴 만한 전개를 선택함으로써 후반부 러닝 타임을 확보하고, 주제를 넓혀 갑니다.

영화감독은 영화가 최종적으로 가지게 될 현실이 어떤 모습일지를 결정하는 책임자입니다. 매순간 (누군가에게는) 말도 안 되는 선택을 내림으로써 **누군가에겐 말도 안 되는 현실이 다른 누군가에겐 굳건한 현실이라는 점**을, 그것이 바로 현실의 복잡한 면모이자 중요한 특성이라는 점을 말합니다.

①말이 안 된다는 표현은 나의 시선으로 보았을 때
말이 안 된다는 뜻입니다.
①나에게만 말이 안 됩니다. 그러니 누군가에게는 말이
됩니다. 당연합니다.
②말이 된다는 건 현실적으로 느껴진다는 뜻입니다.
말이 안 된다는 건 현실적이지 않다는 뜻입니다. 작동하지
않는 현실이라는 뜻입니다.
③그러나 나에게 말이 안 되는 현실이 다른 누군가에게
견고한 현실입니다.
④이것이 현실입니다.

말이 (안) 되는 것 → 현실

나에게 말이 (안) 되는 것이 남에게 이 (안) 되는 것 → 현실

따라서 영화는

①주인공이 왜 그렇게 결정했는지를 한 시간 동안

다루거나,

②주인공이 왜 그렇게 결정했는지를 30초 동안 다룰 수
있습니다.

①을 선택하느냐 ②를 선택하느냐에 따라 전혀 다른
현실을 보여 줄 수 있습니다. 그러나 ①과 ②는 **말도 안
되지만** 동일한 세계입니다.

집[1]

— 오타르 이오셀리아니의 집

최근 극장에서 오타르 이오셀리아니 감독의 영화 「안녕,
나의 집」을 보았습니다. 성(城)이나 궁전이라고 불러야 할
것 같은 넓은 **집**이 배경이자 주인공입니다. 여기서 집은
인공물보다는 자연물에 가까운 면모를 가지고 있었습니다.
영화에 등장하는 수많은 인물과 동물, 식물, 자연, 탈 것의
이런저런 움직임을 보여 주는 동시에 집도 (가만히 있지
않고) 인간의 변화와 계절의 변화에 따라 수축하고 팽창하고
변화하는 것처럼 보였습니다. 집은 자란다, 꾸물꾸물
움직인다, 이것이 영화를 보며 제가 한 생각입니다.

집의 성장을 촉진하는 건, 가만히 있는 집을 자극하는

---

[1] 시 「들어간다」에서 가져왔다.

건, 이 집을 오가는, 떠나고, 방문하고, 맴도는 이동 주체와
이동 수단 들입니다. 집사를 두 명 이상 둘 만큼 잘 사는
집(대저택)이기 때문에 크고 작은 움직임이 늘 일어납니다.
ⓐ아이들은 ⓑ장난감 기차를 작동시키며 놀거나 창밖으로
내리는 ⓒ비가 그치기를 기다리며 지루해합니다. 날이
개이면 ⓓ말을 타고 놀기도 합니다.

　　ⓔ어른들은 아이들과 놀아 주지 않습니다. 술주정뱅이
남편은 ⓕ술과 ⓖ노래를 즐기며 흔히 '집'이나 '가족'이라는
단어로 표상되는 정주 상태, 구속 상태로부터의 해방을
꿈꿉니다. 사업 수완이 좋아 보이는 아내는 ⓗ펠리컨을
길들여 집을 방문한 손님들에게 뽐내고, ⓘ헬리콥터를 타고
다니며 급한 업무를 처리합니다.

　　주인공인 10대 소년은 영지(領地)라고 불러야 할 만큼
어마어마하게 넓은 주택 부지를 벗어나 도심으로 갈
때면 ⓙ모터보트를 탑니다. 주택 부지가 ⓚ강을 면하고
있기에 가능한 일입니다.(강은 가장 무심한 성격을 가진 탈
것입니다.) 소년은 성 같은 집에서 벗어나 도심에서 부랑자와
어울립니다. ⓛ보트에서 옷을 갈아입고 일일 아르바이트를
합니다. 도심의 중심부에서 ⓜ스케이트보드를 타고
다닙니다. 그러나 소년은 자랍니다.

　　청년이 된 소년은 자신이 자리를 비운 사이에

ⓜ오토바이를 타고 다니는 거리의 남자에게 사랑하는
여인을 빼앗겼다는 걸 알게 됩니다. 이제 그는
①스케이트보드가 아니라 ⓝ외제 차를 타고 다니지만,
탈것이 업그레이드되었다고 해서 지난 시절로 돌아갈 수는
없습니다.

기억하지 못하는 움직임의 요소가 또 있을까요? 부랑자
친구들은 늘 ⓞ개와 함께 합니다. 탈 것 없이 ⓟ걸어
다닙니다. 꼭 필요한 경우, 물물교환을 하여 대가를 치르고
탈것을 빌립니다. 비싼 ⓜ오토바이를 빌려서 타고 다니는
거리의 남자처럼요.

마지막 장면입니다. 으리으리한 집에서 살면서 지루함을
못 이겨 매일같이 술을 마시던 남편(아버지)은 거리의 부랑자
친구와 합심하여 기약 없이 새로운 여행을 떠납니다. 노년의
새로운 여정을 함께 하는 탈것은 ⓙ와 ⓚ, 모터보트와
강입니다.

집의 운동, 운동의 집

제가 이 영화에서 본 건 집을 둘러싼 움직임과 움직임의
중심으로서의 집이었습니다. 집은 움직이지 않지만
움직이고 흔들리고 변화하고 있습니다. 집의 내부와

외부에서 끝없이 운동이 일어나기 때문입니다. 영화를 보고 난 뒤 시간이 꽤 흘렀기 때문에 움직임을 일으키는 요소를 전부 기억하지는 못하지만 위와 같이 정리해 보았습니다.

이 요소들을 '움직임을 통제하기 어려운 요소'와 '움직임을 통제하기 쉬운 요소'로 분류할 수 있습니다. ⓐ아이들이나 ⓗ펠리컨, 이 두 요소는 확실히 '통제하기 어려운 움직임 요소' 카테고리에 속합니다. 타이르거나 길들여서 특정한 방식으로 움직이도록 유도할 수는 있지만 그와 같은 연출에도 한계가 있습니다.

아이가 지루한 나머지 어른들의 동선을 방해하는 영화의 첫 장면에서, 저는 아이가 얼마나 자유로운 존재인지를 새삼 봅니다. 창밖으로 내리는 ⓒ비는 이 영화에서만큼은 어린아이다운 움직임을 지닌, 어린아이와 가장 잘 어울리는 움직임 요소로서 읽힙니다. 멈추게 만들고 싶다고 해서 멈추게 만들지 못하는 것이 비이고 아이이고 동물입니다. 그들은 집과 집을 바라보는 시선(프레임)의 안팎을 자유롭게 오가며 정해진 동선을 벗어나는 움직임을 만들어 냅니다.

아이는 영화의 마지막에 다시 한 번 등장합니다. 영화가 (상징적 의미에서의) 운행을 한 차례 마친 뒤이기 때문인지 집의 분위기가 조금 다릅니다. 펠리컨은 철장에 갇혔고, 남편(아버지)은 떠났고, 소년은 돌아와서 청년이 됩니다.

그러나 아이만은 여전히 아이입니다. 여전히 ⓑ장난감 기차를 가지고 놀면서, ⓒ비가 그치기를 바랍니다. 통제 능력이 낮기 때문일까요? 어느 정도 맞습니다. 그러나 아이는 스스로가 가장 자유로운 존재이므로 더 나은 탈것이 필요하지 않습니다. 무언가를 통제하고 조정할 수 있다는 자신감을 외부에서 얻을 필요가 거의 없습니다.

움직임을 통제하기 어려운 요소	움직임을 통제하기 쉬운 요소
ⓐ아이들	ⓔ어른들
ⓒ비	ⓑ장난감 기차
ⓓ말	ⓕ술
ⓕ술	ⓖ노래
ⓗ펠리컨	ⓘ헬리콥터
ⓚ강	ⓙ모터보트
(…)	ⓚ강
	(…)

무언가가 달라지긴 했습니다. 소년은 청년이 되면서 ⓙ모터보트나 ⓛ스케이트보드가 아닌 ⓝ외제차를 몰기 시작합니다. 특정 나이가 되어야만 차를 몰 수 있기 때문이기도 하지만, 이동의 수단이 물리적으로나

사회적으로 이동 가능한 범위를 결정하는 주요한 한
요소이기 때문이기도 합니다. 이 사실을 알아차리는 순간,
소년은, ⓝ차를 타고 규격화된 도로로 진입합니다. ⓚ강을
떠납니다.

　이러한 이동은 한 개인에게는 성장이고, 집에게는
주기적으로 찾아오는 변화입니다.

몇 가지 주목하고 싶은 요소

　ⓒ비: 비와 아이들은 가깝습니다. 비를 진정으로 이해하는
건 아이들이고, 아이들을 진정으로 통제할 수 있는 건
비입니다. 밖으로 나가기 위해서는 비가 그치기를 기다려야
합니다. 해방에 가장 적절한 시점을 배우기.

　ⓓ말: 특이한 움직임 요소. 인류에게 오랜 시간 유용한
탈것이 되어 준 것은 사실입니다. 그러나 현대의 탈것과
비교하면 변덕스럽고 움직임을 통제하기 어렵습니다. 이제
말은 통행을 위한 탈것이 아닙니다.

　ⓑ장난감 기차: 전적으로 통제 가능함. 그럼에도 불구하고
어른들은 장난감 기차에 걸려 넘어집니다.

　ⓕ술: 어떤 의미에서는 이동 수단입니다. 물론 물리적
이동은 발생하지 않습니다. 그러나 술을 마시면, 앉거나 누운

그 자리에서 정신의 급격한 이동을 경험할 수 있습니다.

ⓙ헬리콥터: 날아다니는 탈것은 도로를 따라다닐 필요가 없습니다.

ⓚ강: 강은 (이제는) 비공식적인 이동 경로입니다. 소년과 노인은 집을 몰래 떠나기 위한 통로로 포장도로가 아닌 강을 선택합니다.

ⓚ강: 움직이는 요소입니다. 물고기나 배와 같은 움직임 요소의 움직임을 위한 경로이자 길이기도 합니다.

ⓞ개: 개는 탈것이 아닙니다. 개는 무척이나 자유롭게 움직일 수 있지만 인간과 함께 합니다.

ⓟ걸어: 느리고 체력 소모가 큽니다. 대신 통제하기 쉬움.

포함하지 못한 것들

ⓩ집: 집도 움직이고 변화합니다. 탈것도 탈것의 이동을 위한 도로도 아니지만 움직임 요소 전체(ⓐ~ⓝ)를 프레임 안에 들였다가 내놓는 방식으로 호흡합니다. 수축하고 팽창합니다.

ⓩ집: 떠날 사람은 떠나고, 남을 사람은 남습니다.

ⓨ영화: 이 영화에서의 영화도 마찬가지입니다. 움직임 요소 전체(ⓐ~ⓩ)를 프레임 안에 들였다가 내놓는 방식으로

호흡하고 있습니다. 『안녕, 나의 집』이 생동감 넘치고 유쾌한 이유는 바로 영화(ⓨ)가 영화(ⓨ)가 주제이자 대상으로 다루고 있는 움직임 요소의 전체 집합(ⓐ~ⓩ)의 일원이기 때문입니다.

$$ⓨ \in \{ⓐ, ⓑ, ⓒ, \cdots, ⓩ\} = ⓨ$$

영화의 움직임이 집의 움직임이 되고, 집의 움직임이 영화가 됩니다. 영화의 움직임이 주제의 움직임입니다. 자생 식물이 생각나는 건 왜일까요.

집[1]

오타르 이오셀리아니의 영화 「안녕, 나의 집」에 나온 집에
대해 생각하고 있다. 이 집은 인간에 의해 세워지긴 했지만
인간의 것이라기보다는 자연의 것에 가까운 어떤 면모를
보여 주고 있었다. 어떤 면이 그러했냐면, 이 영화에 등장한
수많은 인물과 동물 들이 이런저런 움직임을 보여 주는
동안 집이 거기 그대로 있으면서 거기 그대로 있는 것만이
아니라 인물과 계절과 감정의 변화에 따라 수축하거나
팽창한다는 느낌을 주었기 때문이다. 물론 이러한 수축과
팽창은, '나'라는 관객의 마음에서 일어난 것이어서 영화 속
배경인 저택에게 처음부터 내재한 속성은 분명 아니었다.

[1] 시 「들어간다」에서 가져왔다.

아니었지만, 영화가 끝나고 크레딧이 올라가는 동안
가만히 앉아 있자니 집이 영화의 삶과 죽음 — 영화도
살거나 죽으니까 — 에 따라서 이렇게 저렇게 작아지고
또 커지기도 했다고. 저택은 영화라는 통로를 통해서만
자신을 드러낼 수 있었기에 결코 자신의 전체를 보여 줄
기회를 가지지는 못했지만, 전체를 보여 주지 못하는 종류의
만남 — 영화관에서의 만남 — 이 오히려 어떤 면에서는
전체를 전달하는 데에 도움이 되기도 한다고 느꼈다. 전체를
보는 것보다는 부분을 자꾸만 이렇게 저렇게 보는 게 (어떤
방식으로도 확인할 수 없는 것으로서의) 전체를 선명하게
감각했다는 착각을 하게 만드니까.

　　이런 착각을 자꾸 자꾸 부추긴 건 집을 오가는 동물과
장난감 기차, 헬리콥터, 자동차, 모터보트, 오토바이,
스쿠터와 같은 탈것과 어린이, 노인, 사람 들이었다. 영화를
보고 나서 '음, 이 영화는 어린이와 펠리컨, 말, 발산과
수렴이야.'라고 되뇌던 걸 기억할 수 있다.
　　각각의 요소가 춤을 추듯이 움직인다. 프레임에서
벗어나지 않도록, 혹은 프레임의 특정한 지점에 위치하도록
만들기 가장 어려운 요소로서 '어린이'와 '비', '뛰노는
동물들'이 가장 먼저 등장한다. 곧이어 등장하는 펠리컨.

커다란 새의 등장은 긴장감을 주는데, 물론 훈련이 되어 있는 새일 거라고 생각은 들지만, 어쩐지 그것이 언제든 멋대로 움직여서 연회를 망칠 수도 있다는 생각이 들어서 웃음이 난다.

서로 서로 다르게 움직인다, 움직이면서 겹쳐지고 멀어진다. 알 수 없는 왈츠. 이 이름 없는 왈츠가 불러 올 효과를 전부 예측할 수 없다는 점이 좋다. 예측 불가능성으로 인한 긴장이 뒤얽히며 내 마음 속에서 구체(球體)를 만든다. 둥글둥글한. 이런저런 움직이는 요소들이 뒤얽히며 모호한 연관성을 만들어 낸다. 연관성이 그럴듯 한지 다당한지 유의미한지는 저쪽에서나 이쪽에서나 중요하지 않고. 다만 영화를 굴러가게 만드는 건, 영화에서 어떤 것과 어떤 것이 연관성을 가지는 것만 같다는 느낌, 느낌이라는 단어 하나로 뭉개지고야 마는 인상, 그런 것이다. 그런 것이 데굴데굴 구르면서 영화에 대한 희미한 인상을 만들어 낸다.

예측 불가능성을 내재하고 있는 요소로서의 어린이와 펠리컨이 있고, 어린이와 펠리컨과는 또 다른 움직임을 만드는 요소로서의 모터보트가 있다. 스케이트보드가, 스쿠터가, 헬리콥터가 있다. 그 외에도 여러 가지 탈것과 크고 작은 사람들이 있는데. 그들 전부가, 그리고 그들이 등장하는 장면 하나하나와 배경이 되는 집의 부분들이 모두 예측-(불)가능성-스펙트럼의 일원이다. 그렇게 집이 움직인다. 집은 움직일 수 있는 것이라면 전부 들이거나 내보냄으로써 숨 쉰다. 자라난다.

누구와 함께?

누구와 함께.

*

영화 초반부에 아이들이 승마를 하는 장면이 있다. 이때 말이 왜 아래에 있냐면, 이 영화의 움직임 논리에 따르면, 말은 말이라서 사람을 태우기 위해 아래에 있는 게 아니라, 아이와 말 중에서 조금이라도 더 통제가 가능한 요소가 말이기 때문에 아래에 있다. 무겁고, 그러나 무겁기 때문에 가볍다. 이것이 「안녕, 나의 집」이 놀이하고 있는 예측 (불)가능성의 움직임 논리이다. 영화에서 끊임없이 밀도 차이가 느껴지는 이유이다.

집은 여기서 가장 예측 가능성이 높은, 밀도가 큰 요소이다. 통제가 쉬워 보인다. 가만히 있으니까. 움직이는 모든 것의 배경으로 기능하는 것에 그치는 것처럼 보이기도 한다.

그러나 집은 움직인다. 움직임의 배경이 아니라 움직임의 주체로서 영화에 참여하고 있다. 음…… 영화가 상영되는 동안 쉼 없이 움직이는 건 영화 속의 인물들이지만, 이러한 움직임으로 인해 영향을 받는 건, 어둠 속에 앉는 관객인 것과 같은 이치인 걸까.

난 이런 인상을 짐에게 들려주고 돌려주고 싶었다.

재활용[1]

재현은 지금 여기에 없는 것을 여기로 불러오는 일이다.
재현에 대한 강렬한 욕망은 무엇보다도 내가 보았던 것을,
내가 느꼈던 것을 너와 함께 나누고자 하는 마음으로부터
비롯한다. 물론 이 마음이 자기 본위적이고 이기적인 성격을
띠지 않는 건 아니지만 ── 내가 본 게 이거야, 너도 보고 말해
줘, 좋다고, 그리고 확인해 줘, 내가 본 게 헛것이 아니라
진짜라고 ──, 또 한편으로는 마음의 이기적인 속성이
우리를 하나로 묶어 주고, 외롭지 않게도 만들어 주고,
밖으로 나아가게도 한다고 혼자서 혼자서 생각해 왔다.

재현에 대해 이야기하면서 일레인 스캐리를 언급하지

[1] 시 「재활용」에서 가져왔다.

않을 수 없다. 친구 이성민이 진행하던 세미나를 통해 알게 된 스캐리의 책『아름다움과 정의로움에 대하여』는 나와 나의 작업에 많은 영향을 미쳤다. 이 책을 친구들과 함께 천천히 강독하며 나는 재현에의 욕망, 그러니까 무언가를 한 장소에서 다른 장소로 이동시켜서 다시 태어나게 만들고자 하는 욕망에 대해 의식하게 되었고, 기뻤다. 글쓰기에 대한 나의 욕구를 설명할 통로를 하나 얻었다고 느꼈다. 수년 전 일이다. 그리고, 어제 미셸 푸코의『헤테로토피아』를 재독하다가 정말이지 여기에 없는 걸 여기로 불러오기 위한 노력, 동시에 존재할 수 없는 건 동시에 존재하도록 만들기 위한 노력이 우리가 하는 일의 전부일지 모른다는 생각을 하게 되었다.

여기로 오게 만드는 것. 그것이 이미 죽었고, 사라졌고, 또 심지어는 꿈속에서만 존재할지라도 이곳으로 와. 불러와, 앉히고, 말하고, 말하게 하고, 그리고 나를 안도록 만드는 것. 이러한 호출이 매일 발생한다고 난 느낀다. 이것은 영혼의 일이고, 사랑의 일이다. 영혼이라는 환상이 나라는 지울 수 없는 확실한 장소(topos)인 몸을 다정하게 안아 주는 순간이 필요하다. 매일.

겹쳐짐. 하나의 장소에 여러 개의 시간과 장소를 겹쳐 놓기.

이것이 재현이고, 글쓰기다.

우리는 보이지 않는 대상을 그리워한다. '형체를 가졌다고 하기 어려운 것'이어야만 이곳으로 호출되어 겹쳐질 수 있기 때문이다. 형체 없음은 겹쳐짐을 위한 필수 조건이다. 어제 보고 오늘 보았어도 또렷이 기억할 수 없어야면, 모습이 언제나 아주 얇고 흐릿한 기억으로서만 남아 있어야만, 보고 싶어 할 수 있고, 그리워할 수 있다. 언제 어디서나 불러올 수 있다.

재활용되기 위하여. 보이는 것은 보이지 않는 것이 된다. 보이지 않는 것으로 돌아온다. 유령이 되어. 나는 버지니아 울프의『지난날의 스케치』나 마르셀 프루스트의『잃어버린 시간을 찾아서』를 떠올린다. 거기 소설에 등장하는 벽이나 벽에 준하는 실제의 구조물 위에서 끝없이 춤추는 화자의 상념과 환영이 얼마나 환상적이었는지를 곱씹는다. 과거를 겨우 불러오기. 현재로 과거를 불러오고, 과거를 춤추게 하기.

얼굴을 바라보는 일은 얼굴이라는 '지금'에 '지금이 아닌 시간과 장소'를 겹쳐 놓는 일이다. 투영이나 재생을 위한 별다른 도구 없이. 두 눈으로 해내는 재현. 이 재현은 내가 알던 얼굴을 보려는 시도가 아니라, 내가 알고 있는 얼굴로부터 모르는 기억을 불러내는 일로. 이런 일은 나도 모르게 일어난다. 나는 내가 아는 얼굴을 보기 위해 얼굴을 들여다본다고 생각하지만, 얼굴은 결국 언제나 가장 생소하고 낯선 모습만을 내보이고. 보는 이로 하여금 경험한 적 없는 사건과 감정을 그리워하게 만든다……. 때때로 아는 얼굴에서 틈이 떠오르고, 그 틈으로부터 알 수 없는 고통이나 죽음, 향수, 사랑, 반감을 볼 수밖에 없는 이유는 이 때문일 것이다. 얼굴을 보고 있던 사람은 당혹감을 느끼고, 묻는다.

이 얼굴은 내가 아는 얼굴일까?(이 질문은 내가 거울에 비치는 나에게 던지는 질문이기도 하다…….)

*

일반적으로 헤테로토피아는 보통 서로 양립 불가능한, 양립 불가능할 수밖에 없는 여러 공간을 실제의 한 장소에 겹쳐놓는 데 그 원리가 있다. 헤테로토피아의 하나인 극장은 사각형의 무대 위에 온갖 낯선 장소들이 연이어지게 만든다. 사람들은 영화관의 거대한 장방형의 무대 그 깊숙이 이차원의 공간 위에 삼차원의 공간을 새로이 영사한다. 하지만 아마도 헤테로토피아의 가장 오래된 예는 정원일 것이다.[2]

---

2 미셸 푸코, 이상길 옮김, 『헤테로토피아』(문학과지성사, 2023), 18쪽.

그러니까 글쓰기가 겹침이라면. 그것은 정원이어야만 할 것이다.

잘 만들어진 정원이 우리에게 각자의 유년기와 비밀스런 추억을 떠오르게 만드는 것처럼. 글은 그것을 더듬더듬 따라가는 독자의 재현에의 욕구와 능력을 강화시켜야 할 것이다. 그리고, 이러한 작용은, 글이 글로서 성립되기 위해 필요로 하는 질서를 강화하기 위해서가 아니라 글이 채 인식하거나 의도하지 못했지만 결국에는 불러일으킬 수밖에 없는 수많은 욕망과 기억, 의지를 배제하지 않기 위해서만 존재한다.

그러니까 글자는, 글은, 어떤 의미에서는 또 다른 세계가 다가와 겹쳐지기를 기다리는 존재로, 자기 자신으로서 존재하기 위해서가 아니라 잊히기 위해서 존재한다. 자신이 재현하거나 지시하고 있는 바에 대해서는 관심을 두지 않은 채로. 백지에 시공간을 겹쳐 놓는 작업을 통해 자신의 의무를 다했다고 믿는다.

이때서 글은, 보고 있으면서도 내내 그리워하게 되는 얼굴이나 장면, 풍경과 비슷한데. 아주 아주 먼 무엇으로, 아무리 가까이 있어도 멀고, 익숙하면서도 새롭고, 구체적이면서도 불확실해서 늘 궁금하다. 이것 ── 얼굴, 그리고 얼굴을 닮은 정원? ── 이야말로 완벽한 텍스트처럼 느껴진다. 닿을 수 없는.

늘 열려 있는 이 얼굴-정원-텍스트는 그래서 텅 비어 있다. 여러 겹의 포장지를 풀고 또 풀어도 결코 선물은 존재하지 않는데, 그게 바로 선물이라고 텍스트는 말한다.(물론 포장지를 풀어 헤치다 말고 화가 날 때도 있다.) 그것은 포장지인 동시에 포장이 여러 겹으로 감싸고 있는 선물의 내용 그 자체이며, 읽어도 읽어도 영원히 읽을 것이 남아 있는 단순한 풍경이다. 돌이다. 이상하지.

여기에는 보이지 않는 여러 겹의 포장지가 둘러져 있는 게 틀림없다. 보이지 않는 포장지는 본래라면 절대 한곳에 있을 수 없는 대상들을 잠시 한곳에 존재하게 만들 수 있다. 한데 묶어 둘 수 있다. 우리가 한 번의 만남과 한 번의 얼굴만으로도 수만 개의 감정과 생각을 느끼는 것은 이 때문일 것이다.

풍경, 언덕 너머로 어서 사라졌으면[1]

무정한 풍경이 좋다. 나와는 전혀 관련이 없는 풍경. 나와는 전혀 다른 차원에서 존재하는 풍경. 그런데 그런 풍경이 나에게 다가와서 선명해질 때가 있다. **의미**를 가질 때가 있다. 매우 깊이. 나는 이런 일이 발생할 때마다 깜짝 놀란다. 어떻게 이런 식의 합의되지 않은 교환이 일어날 수 있는 것일까?(혹은 나는 어째서 합의되지 않은 교환이 일어났다고 착각하는 것일까?)

분명 이때 발생하는 의미라는 건, 내가 속해 있는 이쪽 세계에서만 유효한 것이고, 저쪽 세계에서는 작동하지 않는 것이다. 따라서 이쪽 세계에서 저쪽을 향해 던지는

[1] 시 「흑백」에서 가져왔다.

의미는, 작동은커녕 의식조차 되지 않은 채로 번번이 명료한
풍경의 현존에 부딪쳐 떨어진다. 특별히 남다른 점이 없는
잎 한 장에 매혹이 된 경우를 생각해 보자. 잎의 솜털을
쓰다듬는다고 해서 나에게 발생한 갑작스러운 의미 작용을
이해할 수 있게 되는 건 아니다. 오히려 잎은 내 손에 붙잡힌
채로 점점 더 멀어진다. 마치 처음부터 (이쪽이 아닌 저쪽에
속한) 풍경인 적이 없었다는 듯이. 현실의 일원으로서의
입지를 굳힐 뿐이다. 사물화.

　이 사태를 어떻게든 이해하고 정리해 보겠다는 욕심을
버리지 않은 나는 내가 던진 손길이 잎에 닿지 못하기를,
차라리 떨어져서 깨지기를 바라게 된다. 의미가 발생했던
순간이 꿈이었기를 바라게 된다. 그러나 추락은 현실이다.
내가 던진 의미는 최종적인 판결(추락)을 미루기 위해
최대한 완만한 포물선을 그리며 저쪽으로 날아가지만
(쉽게 떨어지지 않기 위해서, 가능하다면 영원히 운동을
지속하기 위해서 직선에 가깝게 움직이지만) 그것은 거의
즉시 추락한다. 받아들여지지 않는다. 의미는 적절한 홈을
찾지 못하고 미끄러지고, 미끄러진 덕택에, 오히려 더욱
선명해진다.

　추락은 세계의 분리를 인식하는 순간에 벌어지는
사건이다. 잠정적인 죽음이다. 교섭에 대한 희망은 더 이상

존재하지 않는다. 저기 나와 연결되기를 거부하며 흔들리고 있는, 완전한, 자급자족하는 풍경이 자생하고 있으니까. 망연자실한 내게 남은 움직임이라는 게 있다면, 그것은 중력과 죽음에 항복하는 움직임뿐일 것이다.

*

　여기 **관계 맺기를 거부하는 모자**가 있다. 무관계성 속에서 불타는 존재. 자기 자신이 불타는 줄도 모르고 아름다운. 그건 사랑에 빠진 아홉 살 아이가 좋아하는 아이가 쓴 모자를 보고 "그 모자 끔찍하네,"라고 말할 때[2]의 모자다.

　아이는 모자를 어떻게 받아들여야 할지 알 수 없다. 자신의 내부에 이 이상하고 아름다운 물건과 견주거나 교환할 만한 언어가 존재하지 않는다는 사실을 본능적으로 깨닫는다. 사랑하는 사람이 쓴 기괴한 모자는, 모자의 통상적인 용도로부터 벗어나 낯선 존재가 된다. 나의 현실을 덮는 풍경이 된다. 나의 현실과는 전혀 다른 차원에서 존재하는 완고한 풍경이 되어 내가 던지는 의미를 전부 튕겨

2　팀 오브라이언, 이승학 옮김, 『그들이 가지고 다닌 것들』(섬과달, 2020), 264쪽,

낸다. 관계 맺기를 거부한다.

그런데 나 아닌 다른 사람들은 모자의 변화를 신경 쓰지 않는다. 그것은 나에게만 일어난 (비)현실적인 변화이다……. 그 아이에 대한 사랑의 감정이 나에게만 유효한 현실이듯이. 이것이 (자발적으로든 비자발적으로든) 풍경을 마주할 때 우리가 겪는 끔찍한 고립이다. 나에겐 생생한 고립이 남들에겐 보이지 않는다. 현실이 아니다. 풍경은 풍경을 알아보는 이들의 앞에서만 현실이며, 알아보는 이들의 괴로움 앞에서만 환하게 불탄다.

나는 때때로 글을 읽으면서 이와 같은 고립의 상태에 처한다. 사로잡힌다. 내가 그것의 무정함을 알아보았다는 이유로 현실로부터 분리되어 빛나기 시작하는 문장이 있다. 더 이상 글에 소속되지 않기로 했다는 듯. 분명한 활자 사물로서. 풍경으로서. 터무니없이 존재하기 시작하는 문장. 난 거기서 발생하는 완전히 불공평한 관계성에 사로잡힌다. 내가 읽어 온 것을 포기한다. 망각한다. 그리고 그것이 불러오는 균열을 가만히 지켜보는데, 그것은 알려 준다. 이제껏 보아 온 것과는 다른 것, 영원히 관계를 맺지 못할 미지의 것이 존재한다는 걸 말이다. 너무나도 확실한 타자로서의 글자가 솟아난다. 글자로서 솟아난다. 만져도 만져도 닿을 수 없는 손처럼.

　　최근 승택의 드로잉을 한 뭉치 보았는데 좋았다. 슬픈데?
이거 슬픈데? 너가 그리면서 슬퍼했을 거 같아. 말하면서.
이건 그리면서 엄청 기분 좋았나 보네. 너 엄청 웃었지.
다락방 같은 곳에 나와 보원과 승택이 둘러앉아 종이를
한 장 한 장 넘기면서 즐거웠다. 전부 나의 추측이고 말일
뿐이었지만 승택은 맞다고. 다 맞다고 했다.

　　웃고 있는 얼굴은 다 좋았다.

　　무엇이 정말 좋았어요. 콕 집어 설명하긴 어렵지만.

　　나는 승택이 비슷한 걸 그리고 또 그린 게 정말 좋았다.
너무 가볍고, 아무것도 아닌. 한 장 한 장 넘길 때마다 달랐다.

　　어디까지 가려는 걸까. 이 의자는, 깃발은, 글자는.

　　진짜 조금씩만 달라지네. 움직이네.

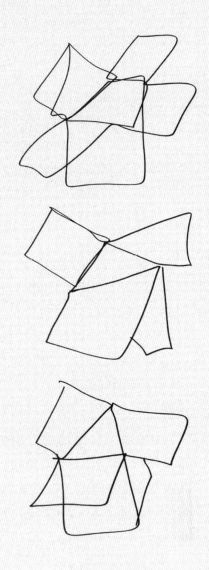

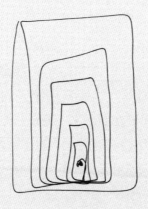

앞으로 한 장 한 장 나아가는 것 같기도 해.

서로 모르는 채로. 서로 겹쳐지면서. 그러나 그럴 필요도 없고 그럴 일도 없다.

이 책도 그렇게 읽힐까?

이 책을 읽는 사람들이 한 장 한 장 넘기며, 음, 겹쳐지네, 겹쳐지네, 그러면서 조금씩 나아가네, 라고 느꼈으면 좋겠다. 거기서 미묘한 슬픔과 기쁨을 느꼈으면 좋겠다.

어제 본 하늘과 오늘 본 하늘이 조금 다른 건 분명한 것처럼. 여기에도 차이가 있다.

그러나 알고 있다. 어제 본 하늘을 오늘 본 하늘과 겹칠 수 없다는 걸. 모든 건 끝나고. 외로운 의자는 외로운 의자다.

외로운 사람도. 책도.

　이 책은 첫 번째 시집 『양방향』에서 끌리는 단어를 선택한
뒤, 그 단어를 제목이자 시작점으로 삼아 써 내려간 산문들의
모음이다. 아주 멀리까지 간 글도 있다.
　내내 원고 쓰기를 독려해 주고 기다려 준 편집자 화진,
정말 고마워. 언제나 힘이 되어 주는 친구들, 가족들, 너무
너무 고맙고 사랑해.
　이제. 나는 『푸른 바다 면도기』를 쓸 것이다.

2024년 여름
김유림

ꝏ **매일과
영원**

단어 극장

김유림 에세이

1판 1쇄 찍음 2024년 7월 5일
1판 1쇄 펴냄 2024년 7월 19일

지은이   김유림
발행인   박근섭·박상준
펴낸곳   **(주)민음사**

출판등록   1966. 5. 19. 제16-490호
주소   서울시 강남구 도산대로1길 62(신사동)
          강남출판문화센터 5층(06027)
대표전화   02-515-2000 | 팩시밀리 02-515-2007
홈페이지   www.minumsa.com

ⓒ김유림, 2024. Printed in Seoul, Korea

ISBN 978-89-374-1957-7 (04810)
ISBN 978-89-374-1940-9 (세트)